KB269568

중·장년에 떠나는
스위스(Swiss) 자유 여행기

중·장년에 떠나는
스위스(Swiss) 자유 여행기

초판 1쇄 발행 2025년 12월 10일

지은이   강형선
펴낸이   이기봉
편집   좋은땅 편집팀
펴낸곳   도서출판 좋은땅
주소   서울특별시 마포구 양화로12길 26 지월드빌딩 (서교동 395-7)
전화   02)374-8616~7
팩스   02)374-8614
이메일   gworldbook@naver.com
홈페이지   www.g-world.co.kr

ISBN 979-11-388-5092-6 (03810)

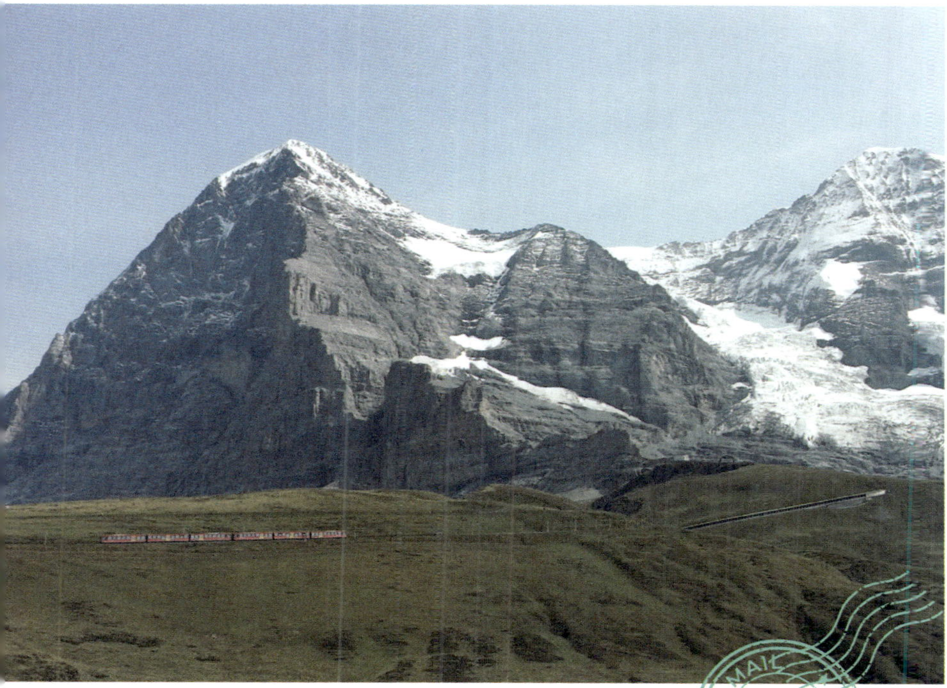

Swiss Free Travelogue

중·장년에 떠나는 스위스(Swiss) 자유 여행기

강형선 지음

용기를 내어 일어나 보석처럼

감추어진 나의 행복을 찾기 위해

작은 봇짐 하나 걸치고 훌쩍 떠나는 것

9 nights and 10 days

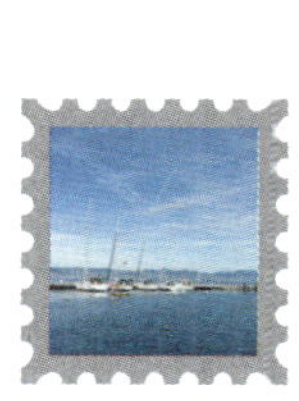

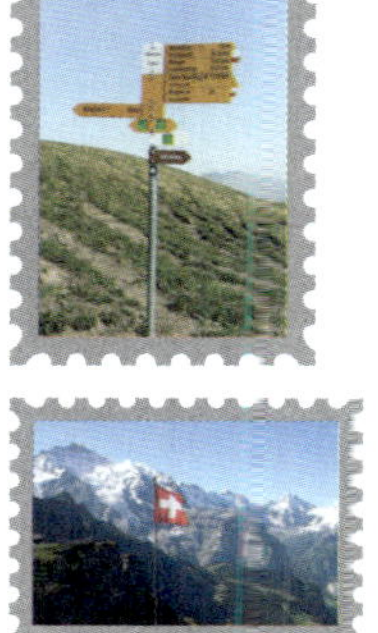

좋은땅

알프스 융프라우의 유명한 아이거(Eiger)봉
북벽(North Face) 앞에서

연일 언론에서 우리나라의 해외 여행수지 적자가 사상 최대라고 아우성이다. 2017년 사드(THAAD) 여파로 중국인 관광객은 반 토막이 났는데 우리의 해외여행은 급증하여 적자 폭이 무려 172억 달러로 3년 연속 적자라고 한다. 반도체로 번 돈을 여행으로 다 까먹는다는 등 여행이 경제를 갉아먹는 주범인 듯하다.

기자가 물어본다. "어떻게 생각하십니까? 해외여행 세계 1위 대한민국, 삶의 질 추구하는 것입니까? 과소비입니까?" 우리는 국민 2명 중 한 명, 일본은 7.7명당 한 명이 해외여행을 한다고 한다. 작년까지 해외여행객 비율이 가장 높은 나라는 대만(臺灣)이었고 올해는 우리가 세계 1등이라고 한다. 모 대학교수도 목소리를 높였다. "너도나도 무분별하게 해외여행을 떠나는 행태를 우리 스스로 되돌아볼 필요가 있다.", "우리가 이렇게 흥청망청해도 되는 걸까?"

이런 현실 속에서 여행기를 쓴다는 것이 어째 마음이 무겁지 않을 수 없다.

한 직장에서 30여 년 근무하고 퇴직하니 어느덧 50대 후반의 장년이 되었다. 기차처럼 앞만 보고 달려와서 그럴까. 철로를 벗어난 경험이 없는 나에게 막상 주어진 넓은 세상은 어느 방향으로 가야 할지 어리둥절하게 만들었지만 한편으로는 새출발과 무한 선택의 자유가 주어진 젖과 꿀이 흐르는 가나안(Canaan) 땅처럼 보였다. 그러나 현실을 실감하는 속도는 매우 빨랐다. 그리 오래 걸리지 않아 지난날의 보람은 추억 속에 파묻히고 현실의 무기력함과 허탈감이 미묘하게 교차되었다. 그리고 세상의 찬 바람이 가슴 사이로 파고들 때쯤 지금껏 생각할 겨를이 없었던 삶의 주제들이 떠오르기 시작했다. 어떻게 사는 것이 의미 있고 잘 사는 것인가에 대한 물음이다. 어떤 생각, 어떤 태도로 무슨 일을 하며 살아야 할 것인가에 대하여 세상이라는 큰 학교의 신입생이 된 기분이 들었다. 뒤돌아보건대 장년에 이르도록 살아오면서 삶의 지혜는 일천하고 인격도 훈련되지 못해서 먹은 나이는 허수요 속 빈 강정 같다는 것을 느낀다. 삶을 관통하는 직관이나 깨달음도 미약하여 많이 보고 많이 듣는 일에 충실하려 하나 알량한 자존심에 대로는 나태함과 연약한 육신에 발목이 잡힐 때드 생겼다. 스스로의 개선을 두고 방황하는 차에 마침 어느 분이 쓴 회고록의 솔직한 제목에 공감되었다. '고희(古稀)에 되돌아보니 이순(耳順)도 철부지'였더라.

나이만 들면 뭣 하나, 철이 나지 않던 나에게 여행은 인생을 가르치는 교과목이요 액션 플랜(Action plan)으로서 스스로를 뒤돌아보고 발견할 수 있는 좋은 계기를 만들어 주었다. 특히 먼 나라 여행은 평소 하기 어려운 경험이라 출발 시에는 야무진 학습 의욕을 보인다. 그리고 여행 후 낡는 것은 새로운 것과의 만남을 통해 나는 더욱 작아지고 내가 보는 세상은 더욱 넓어진다는 것이다. '낯선 것과의 조우(遭遇)를 통해 이성(理性)이 시작된다'는 하이데거(Martin Heidegger)의 말이 나를 관통한다.

여행은 아름다움을 찾아가는 순례이다.

그 아름다움이 눈으로 보는 산천초목(山川草木)과 광대한 자연의 일부이거나 인간의 손때 묻은 유적이거나 삶이 만들어 낸 문화이거나 또는 눈에 보이지 않는 역사의 숨결과 교훈이거나 그 여행의 종착역에는 언제나 아름다움이 있다. 여행이 주는 가치는 무엇보다도 눈이 즐겁고 새로운 것에 대한 동경으로 마음이 흥분되고 때로는 우리란 존재가 세월을 거슬러 살 수 없는 나약한 존재들임을 깨닫게 되는 내적 성장의 가치까지도 얻을 수 있다. 여행은 노는 것 같으나 배움이 있고 바쁘고 분주하게 이리저리 다니는 가운데서도 생각할 여유를 가지게 되고 결코 적은 여행 경비가 아니지만 아깝잖게 투자를 꺼리지 않는 것은 오직 유, 무형의 실익을 챙길 수 있으리라 생각하기 때문이다. 여행을 다니면 팔자가 풀렸다고 한다. 내가 일할 때 놀러 다니는 사람들 보면 부럽기 마련이다. 그러나 여행의 호사스러움 뒤편에는 고생이라는 짐 보따리를 늘 이고 다니기는 마찬가지다. 여행(Travel)의 어원이 고생과 산고(産苦)를 뜻하는 트레베일(Travail)에서 왔다고 하는데 이 말의 라틴어 어원은 트리팔리움(Tripalium)으로 로마 시대에 사용되었던 '고문 기구'에서 유래한다. 그러므로 여행의 전제는 아직 힘과 건강이 남아 있을 때이고 혹자가 말하는 '가슴이 떨릴 때 가야지 다리가 떨릴 때는 이미 늦었다'는 우스개 같은 말도 잘 새겨들어야 할 필요가 있다.

요사이 젊은 층에는 일과 여가의 균형을 중시하자는 워라밸(Work and Life Balance)이 유행한다고 한다. 우리 사회는 지금껏 일 중심으로 살아왔고 그로 인해 이만큼 잘살게 된 것을 부인할 수 없다. 그러나 잃은 것도 많다. 삶의 의미와 행복이 그렇다. 일을 해야 하는 근본 이유를 모른 채 일만 하면 생존이 될 수밖에 없다. 생존이 아닌 생활을 위해 더 나아가 가치 있는 삶의 품격을 위해서도 워라밸은 반드시 필요할 것이다.

이번 여행지를 스위스(Swiss)로 택한 이유는 유년 시절 동경했던 꿈의 나라이고 그들의 자연환경 보존에 대한 인식과 선진 국민성도 곁눈질해 보고 싶었다. 나라가 좁아 이동 거리가 적고 교통이 편리한 것도 이점이며 치안 상태가 양호하여 예기치 못한 어려움을 겪을 가능성이 낮은 것도 여행 전문가가 아닌 우리에게는 유리하다. 자유여행을 택한 이유는 나만의 일정으로 언제든지 조절이 가능하여 머물고 싶으면 더 머물고 가고 싶을 때 갈 수 있기 때문이다. 또, 한 나라만 여행하기 때문에 가이드의 도움 없이도 부부나 가족 단위의 오붓한 여행의 추억도 만들 수 있다. 이번 여행에서는 4개의 테마를 정하였는데 〈제네바에서 샤모니 몽블랑 여행〉, 〈레만 호수와 라보 포도 재배 지역 여행〉, 〈환상적인 골든패스라인 기차 여행〉, 〈천상을 걷는 알프스 융프라우 하이킹〉이다.

스위스의 풍광은 사진과 그림으로 볼 때도 아름답지만 실제가 더 아름답다. 스위스 특유의 자연 경관 중심의 여행은 처음엔 치명적인 유혹이 될 수도 있고 중독성도 있다. 시인의 고백대로 '아름다운 것은 영원한 즐거움'이 되어 해방감, 내적 감동, 힐링(healing)이 될 때도 많다. 그리고 여행은 우리가 사는 장소뿐만 아니라 우리의 생각과 편견을 바꾸어 준다는 말도 음미해 볼 필요가 있다.

나이가 들수록 실감 나는 것이 '어려움은 가만히 있어도 저절로 찾아오는데 행복은 부지런히 찾아야 만날 수 있다.'는 것이다. 초대하지도 않았는데 중장년에는 당연스레 찾아오는 삶의 어려움들이 많다. 인생의 힘든 순간, 그러나 어려움의 자리에서 용기를 내어 일어나 보석처럼 감추어진 나의 행복을 찾기 위해 작은 봇짐 하나 걸치고 훌쩍 떠나는 것을 누가 탓할 수 있으랴. 바라기는 어느 곳을 여행하든 삶에 힘이 되는 유익한 순례가 되기를 바랄 뿐이다.

어차피 인생 자체가 행복을 찾아가는 시간여행 아닌가?

2017년 마지막 날

2017 SWISS 여행 일정표

일(요일)	여행지	숙박지
9.1(금)	인천 ~ 모스크바 경유 ~ 취리히	취리히
9.2(토)	취리히 ~ 제네바	제네바
9.3(일)	제네바 ~ 샤모니 몽블랑	샤모니
9.4(월)	샤모니 몽블랑 ~ 제네바	제네바
9.5(화)	제네바 ~ 로잔 ~ 에비앙	로잔
9.6(수)	로잔 ~ 라보 포도 재배 지역 ~ 몽트뢰	몽트뢰
9.7(목)	몽트뢰 ~ 츠바이짐멘 ~ 인터라켄	인터라켄
9.8(금)	알드스 융프라우 하이킹 ~ 벨프	벨프
9.9(토)	베른 ~ 취리히 ~ 모스크바	모스크바
9.10(일)	모스크바 출발 ~ 인천 도착	기내

목차

제1장

시작이 반(半)

'샤모니 몽블랑', '라보 포도 재배 지역', '골든패스라인', '융프라우 하이킹'.

이렇게 네 개의 테마를 정해 놓고 2017년 스위스 여행의 실행을 위해 벼르고 왔는데 막상 시도하려니 망설여지고 이리저리 재어 보기를 며칠, 부족한 실행력이 일의 진행을 더디게 했다. 일단 항공권이나 알아볼 요량으로 출발 열흘 전쯤에 인터넷 검색을 해보니 웬걸, 여름 시즌이 지났는데도 왜 그렇게 항공권은 비싼지 여전히 유럽은 인기가 높은가 보다 했다.

여행은 스위스의 서쪽 끝 제네바에서 시작을 하려고 했다. 그런데 인천-제네바 노선은 직항이 없어 경유를 해야 하는데 항공권을 구할 수가 없었다. 인천-취리히 노선은 직항이 있긴 하나 항공료가 너무 비싸고 또, 원하는 요일에는 비행편이 없었다. 어쩔 수 없이 경유 노선을 이용하여 취리히로 가는 수밖에 없는데 파리나 모스크바를 경유하는 항공권 중 가장 저렴한 항공권이 모스크바를 경유하는 아에로플로트 항공이었다. 일단 왕복 2장을 203만 원에 예약했다. 한 사람당 백만 원이 조금 넘는 가격이다. 이 정도면 생각보다 아주 저렴한 것이다. 성수기라면 두 사람이 다 마 300만 원 이상이 될 것이다. 만일 출발하지 못하면 수수료 물고 취소한다는 단순한 생각으로 일정을 대강 머릿속에 그려 놓고 숙박지는 출발과 동시에 휴대폰으로 예약하기로 미루어 두었다. 여행에 마음이 들뜨는 즐거움보다는 훌훌 털고 떠나기엔 현재의 상황이 나도 모르게 부담이 되는 것이 사실이었다. 그러나 모든 상황이 최적화되어 아무 부담 없이 출발하는 것도 불가능한데 말이다.

9월 1일 출발, 9월 11일 도착.
여행은 이렇게 시작되었다.

출국 시 인천에서 모스크바 공항에 도착하면 환승 대기시간이 3시간인 반면 귀국 시에는 모스크바에서 거의 20시간이나 대기를 해야 한다. 오히려 이때 유리한 점이 스톱오버(stopover)로 나가서 한나절 모스크바 시내 여행을 하면 되겠다고 생각했다. 모스크바에서 인천행 출발 시각이 밤 8시 55분이니 딱 좋다. 다만 아에로플로트 항공 탑승자들의 이용 흐기가 그렇게 좋지 못하여 찜찜하기는 하였다. 특히 수화물 분실 사고가 종종 있다고 하는데 설마 하는 생각이 들었다. 잘 되겠지 하는 기대뿐, 항공사 선택은 내가 했지만 분실 문제는 내 능력 밖이다.

인천에서 유럽으로 향하는 비행기는 중국 영공을 통과하는데 운항 허가를 받는 이유 때문에 늘 늦게 출발하는 경우가 많다고 한다. 우리드 마찬가지여서 무려 1시간 이상 비행기 안에서 대기했다. 깔끔하고 짙은 주황색 유니폼을 입은 승무원들은 분주히 오갔고 여행의 설렘은 좁은 좌석에서도 잘 기다리게 했다. 탑승객의 절반 이상이 우리나라 여행객들이어서 분위기도 낯설지 않았다. 문제는 9시간 정도 비행 후 모스크바 공항에 도착했을 때이다. 예정보다 한 시간 이상 늦게 도착하였는데 많은 여행객들과 꼼꼼한 환승 수속으로 인해 예상외로 늦어졌다. 대부분 여행객들이 경유 항공기를 타야 하는 처지였는데 시간이 늦어 비행기를 놓치겠다는 이야기들이 들려왔다. 우리도 마음이 조급하였다. 수속을 마쳤을 때는 시간이 너무 임박하여 정신없이 공항을 뛰어 달렸고 거의 탑승 마감 시간에 스위스행 출국 게이트에 도착하였다. 취리히까지 같이 가는 우리나라 여행객이 여럿 있었는데 다들 혼이 난 느낌이었다. 덕분에 모스크바 공항의 첫인상을 느끼기는 고사하고 공항이 어떻게 생겼는지 볼 틈도 없었다. 취리히행 비행기 역시 만석이었고 이제부터는 많은 외국인들 사이에 끼여 있다 보니 낯선 나라에서 느끼는 나그네 여행객의 고독 같은 묘한 기분이 밀려오기도 했다.

제2장

첫째 날(9.2)
취리히(Zürich)
반호프 거리(Bahnhofstrasse)

어젯밤 늦은 시간에 취리히에 무사히 도착하여 공항 지하철로 취리히 중앙역으로 왔다. 지하철 탑승권은 자동발매기 앞에서 마침 공항을 순찰 중이던 경찰에게 부탁하여 쉽게 끊을 수 있었다. 시내에는 약간의 가는 비가 내리고 있었다. 첫날 밤 투숙은 인천을 출발하기 직전 호텔닷컴을 통하여 예약해 둔 5분 거리의 시내 호텔로, 중앙역 앞에서 택시를 타고 들어왔다. 장시간의 비행에 약간의 몽롱함을 느끼며 아무 생각 없이 잠자리에 들었다.

취리히는 스위스의 경제 수도라 불린다. 정치적 수도인 베른과 국제 외교적 수도라 불리는 제네바와 함께 스위스의 가장 큰 중심 도시이다. 삶의 질 분야에서도 세계 제일로 꼽히고 또 부유한 도시다. 대도시도 아닌데 50개가 넘는 박물관, 100개가 넘는 갤러리로 문화적 가치를 자랑하고 있다. 유명한 취리히 흐수로 흘러드는 리미트강(江) 좌우에는 아름다운 옛 도시가 자리 잡고 있다.

취리히 중앙역 앞의 알프레드 에셔(Alfred Escher, 1819~1882) 기념 동상 및 분수. 그는 정치가, 비즈니스 리더로서 스위스의 정치, 경제 발전에 탁월한 영향력을 발휘했다. 동상 및 분수대의 조각은 스위스의 유명한 조각가인 리처드 키스링(Richard Kissing, 1848~1919)의 작품이다.

취리히 중앙역(Zürich HB) 대합실. 유럽 전역으로 기차가 통하는 복잡한 공간이다 취리히 공항역(Zürich Flughafen)까지는 지하철로 10분 정도 소요된다. 1층에서 에스컬레이터를 타고 지하로 내려가면 짐을 맡길 수 있는 큰 물품보관소가 있다. 큰 캐리어도 보관이 가능하다. 시내 여행 시 여기에 짐을 맡겨 두면 아주 편리하다. 역사(驛舍)의 느낌은 좀 칙칙하고 어두웠다.

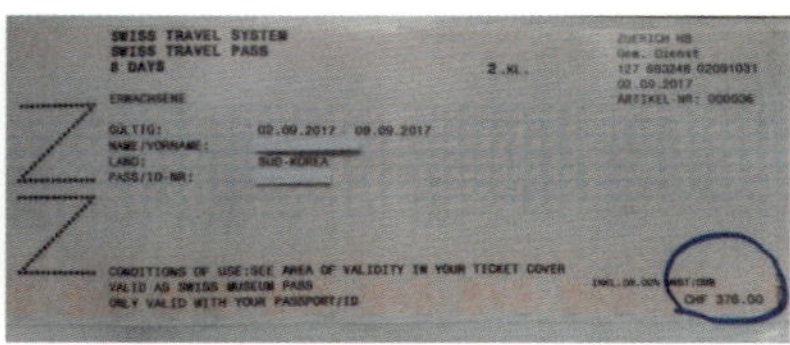

취리히 중앙역 사무실과 스위스패스. 사무실에 근무하는 직원들의 연령대가 거의 장년층
이다. 노령인구의 비율이 높기 때문일 것이다.

　스위스패스는 국내 대중 교통수단을 거의 모두 이용할 수 있는 교통카
드다. 패스 8일권을 오늘부터 시작하도록 끊었다. 패스 1장당 376 스위스
프랑이다. 스위스는 유로화를 쓰지 않고 스위스 프랑을 쓴다. 패스를 우
리나라에서 미리 구입하여 올 수도 있는데 여기서 바로 구입하는 것과 가
격이 별반 차이가 없는 것 같다. 열심히 다녀서 본전을 뽑아야 한다는 생
각이다.

1

반호프 거리(Bahnhofstrasse)

　반호프 거리는 취리히 중앙역 바로 앞에서 길게 뻗은 취리히를 대표하는 도심의 상가 거리로, 가장 번화가이다. 중앙역에서 취리히 호수의 파라데 광장까지 이르는 1.4km 구간의 도로를 말한다. 세계적으로 유명한 쇼핑 거리이며 부동산 가격은 유럽에서 가장 비싸고 세계에서도 세 번째로 비싼 거리라고 알려져 있다. 당연히 명품 가게가 즐비하고 거리의 끝에는 스위스 최대 은행인 UBS 본사가 있다. 이 은행의 금고에 세계 부호들의 비밀스런 돈들이 얼마나 모여 있을지 우습고도 궁금한 생각이 들었

다. 대로의 건물들은 조각을 빚듯 예쁘게 지어져 건축에 투자된 사람들
의 성의와 노력을 느낄 수 있다. 거리엔 주로 대중교통인 트램만 다니고
아이쇼핑에 30분 정도 소요가 된다.

거리의 특징은 상가의 간판들로 어지럽거나 현란하지 않아 깔끔하고 깨끗해 보인다.

　스위스는 잘사는 나라라서 그런지 물가는 세계에서 가장 비싸다. 우리의 대형 마트에 해당하는 쿱(Coop)에 들어와 진열된 여러 가지 상품들의 가격을 비교해 보면 우리가 얼마나 값싸고 풍족하게 사는지 당장 알 수 있다. 우리는 만 원에 살 수 있는 전기 충전용 부품 하나를 이곳에서는 네 배나 비싼 사만 원에 판매하고 있었다. 우리를 아직 선진국이라 부르기에는 좀 이르지만 생필품의 질적, 양적인 면에서는 모두 스위스를 능가하

는 경제적 풍요를 누리고 있는 셈이다. 결국 우리의 풍요는 세계 제일의 부자 나라 이상인 셈이다. 저렴한 물가, 끝없이 공급되는 풍족한 물품들 정말 감사한 일이 아닐 수 없다.

유명한 샤보이(SAVOY) 호텔. 객실마다 꽃을 피워 아름다움과 여행객의 쉼을 제공한다.

거리를 다니다 보면 창가에 아름다운 꽃을 피워 보는 이를 즐겁게 해 주는 집들이 많다. 꽃을 피우는 아름다운 노력과 정성에 유혹당하지 않을 여행객은 없을 것이다. 꽃이 나비를 부르듯 예쁜 건물들이 걸음을 멈추게 한다.

취리히 호수로 흘러드는 리미트 강(江)

반호프 거리의 끝은 취리히 호수다. 어젯밤에 내린 비가 오늘은 그쳐 주니 고맙기는 한데 흐린 날씨다. 날씨가 흐리니 맑은 물결도 빛을 잃고 흐리게 보인다. 그래도 투명함은 변함이 없다. 깨끗한 호수가 관광 상품이 되는 나라, 스위스에서 가장 큰 호수는 레만, 루체른, 취리히 호수 순이다.

취리히 홍보용 사진. 취리히 대성당인 그로스뮌스터 성당을 중심으로 오밀조밀하게 모인 아름다운 도시이다. 성당 옆의 뮌스터 다리를 건너가면 반호프 거리가 나온다.

작지만 푸른 탑이 솟은 프라우뮌스터(Fraumunster)교회. 성모교회로 불린다. 첨탑의 시계가 엄청 크다. 고딕 양식으로 놀랍게도 9세기에 수녀원으로 건축되었다고 한다.

성모교회 인근의 성 피터(St. Peterskirche)교회

성 피터 교회는 8세기에 건축된 취리히에서 가장 오래된 교회로 1,100년 이상의 역사를 가지고 있다. 종탑 꼭대기의 작은 창문으로 파수꾼이 늘 시내를 살펴 중세의 다른 도시들과는 다르게 취리히는 화재의 피해를 적게 입었다고 한다.

그로스뮌스터(Grossmünster) 대성당

그로스뮌스터(Grossmünster) 대성당은 스위스 최대의 성당으로 로마네스크 양식으로 건축되었다. 11~13세기에 세워졌는데 성당의 자리는 취리히에서 순교한 세 수호성인의 무덤터였다고 한다. 종교개혁 시 츠빙글리 목사가 스위스의 종교개혁을 주도했던 교회로 두 개의 쌍둥이 탑은 후기 고딕 양식으로 취리히의 상징이 되었다. 스위스의 종교개혁지 순례에 빠지지 않고 찾는 곳이기도 하다. 탑의 정상에는 작은 전망대가 있는데 이곳에서 취리히의 시나 전경을 보지 못한 것이 아쉽다.

그로스뮌스터 대성당 벽에 새겨진 스위스의 종교개혁자 요한 하
인리히 불링거(Johann Heinrich Bullinger, 1504~1575) 조각상

불링거는 취리히에서 가까운 브렘가르텐 출신으로 당대의 종교개혁가
마르틴 루터와 멜란히톤에게 영향을 받았다. 교사, 설교자로 유명한 인물

이다. 1531년 종교개혁가 츠빙글리 사후 그 후임자로 취리히 교회의 대표자적인 역할을 하였다. 온건한 이론과 풍부한 학식을 가진 당대 일류의 신학자로 1549년 제네바 교회를 대표하는 칼뱅과의 사이에 '취리히 협정'을 맺어 교회 개혁파로서의 신앙적 표준을 세우는 데 크게 기여하였다.

그는 아주 적은 수입으로 과부, 고아, 이방인, 망명자들에게 그들이 어떤 신앙을 가졌든지 상관치 않고 음식, 의복, 돈을 나누어 주었다. 모든 면에서 사랑과 위로를 베풀었고, 도시에 전염병이 창궐했을 때도 헌신적으로 노력했다. 뿐만 아니라 영국 메리 여왕의 폭정 때문에 스위스로 피신해 온 영국 개혁자들을 극진히 대접했고 그들이 돌아간 이후에도 지속적인 영향을 주었다. 그는 '모든 기독교 교회들을 돌보는 만인의 목자', '존경하는 아버지이자 안내자'라는 경의를 받았으며 특히 그의 영향으로 인하여 영국에서는 국가적으로 불링거가 별세한 날을 공공 재난일로 선포하고 애도할 만큼 존경하고 사랑했던 인물이다.

흐린 햇살에 비친 잿빛 물결의 취리히 호수, 물결의 출렁임만큼 여행의 기대도 출렁거린다.

2

여행의 불청객,
짐 분실로 엉망이 될 뻔했던 여행

인천을 출발하여 모스크바를 경유하여 밤 9시경, 취리히에 도착하여 짐을 찾는데 여행용 물품이 모두 들어 있는 내 캐리어가 나오지 않았다. 아내의 캐리어는 찾았는데 나를 비롯한 네댓 명 승객의 캐리어가 없는 것이다. 모두 인천에서 취리히까지 탑승한 우리나라 승객들이었다. 갑자기 멍해지는 순간이었다. 인터넷에 올라온 탑승 후기에 이 항공사의 수화물 분실이 잦다고 해서 찜찜한 마음이 들기는 했지만 항공료가 저렴하다 보니 탑승하기는 했는데 어이없게도 말로만 듣던 일이 발생했다니 어처구니가 없었다.

황당하였으나 애써 진정하여 다행히 늦은 시각까지 근무 중인 공항 분실센터에 가서 접수를 하려니 말이 통해야지, 난감해서 애를 먹고 있는데 먼저 분실신고를 한 우리나라 여대생의 친절한 도움으로 고맙게 겨우 접수를 했다. 이 여학생은 현재 스위스 대학에 유학 중인데 우리와 같은 비행기로 와서 짐도 같이 분실되었다. 그리고 이 학생이 가르쳐 주는 이야기로는 내일 모스크바에서 취리히로 오는 비행기에 짐이 올 수 있으니 내일 13시경에 공항 분실센터로 나오라는 것이었다. 어쩔 수 없었다. 부연하면 이 항공사는 모스크바 공항에서 승객 환승 시 수화물이 너무 많거나 어떤 이유가 생기면 아예 비행기에 짐을 다 싣지 않고 종종 그 짐을 다음 날 비행기로 보낸다는 것이다. 환승 시 수화물 관리에 문제가 생긴 것 같았다. 어이없고 기가 찬 노릇이 아닐 수 없었다.

이런 이유로 스위스 도착 후 첫날 밤은 정말 악몽 같았다. 짐을 모두 잃어버렸다고 생각하니 정말 집으로 되돌아가고 싶은 생각이 간절했다. 가진 것은 몸에 지니고 있었던 여권과 지갑뿐. 그나마 다행인가?

다음 날 정오경 공항 분실센터에 도착해서 묶어진 짐 꾸러미에서 내 캐리어를 보는 순간 정말 꿈같았다. 안도의 한숨이 나왔다. 비록 일정은 한나절 늦어졌지만 다시 의욕이 생기면서 생기가 돌았고 순간 여행 중 짐을 분실한 사람들의 안타까운 심정이 헤아려졌다. 여행은 즐거운 것이기에 안전과 함께 보다 완벽한 항공사의 관리 체계가 요구되지 않을 수 없다.

아에로플루트 항공사의 밑천이 그대로 드러난 셈이다. 싼 것이 비지떡이란 말이 떠올랐다. 저렴한 항공사를 선택한 내 잘못이 된 것 같기도 하고 이 일을 만든 항공사가 원망스러웠다. 항공료가 싸다고 이런 일이 생긴다는 것 자체가 상식에 맞지 않은 것 아닌가. 하소연할 곳도 없고 속으로만 삭힐 수밖에 없었다. 이 일로 항공사로부터 사과의 말은 듣지 못했다. 오히려 캐리어를 찾은 것만으로 다행스럽게 여기고 스스로 위로하면서 마음에 여유를 찾았다. 깨달은 것은 해외여행이 즐거운 것이긴 하나 순식간의 작은 실수 하나로 여행 전체가 망가질 수 있는 불완전성, 위험성을 상시 내포하고 있다는 사실이다. 그래서 늘 조심할 수밖에 없고 신중하게 진행되어야 할 것이다. 아에로플루트 항공사는 이런 수화물 사고만 잘 예방할 수 있다면 가성비도 좋고 소비자의 선호도 좋을 것이다. 비행기도 낡지 않아 깔끔하고 서비스도 양호, 가격도 경제적이니 나같이 형편이 비슷한 여행객들이 그냥 지나치기는 어려울 것이다.

짐을 찾아 공항 내 아시아 식당에서 점심도 해결하고 가벼운 마음으로 취리히 시내를 돌아다닌 후 오후 늦게 금번 여행의 시작지인 스위스 서쪽 끝 제네바행 기차를 탔다. 기차가 레만 호수 근처를 지날 때부터 어제처럼 가는 비가 내리기 시작했고 여행의 불청객으로 인해 생겼던 마음의 짐들을 또 하나의 경험으로 받아들이며 자유롭고 즐거운 여행을 기원해 보았다.

제3장

둘째 날(9.3)
샤모니 몽블랑
(Chamonix Mont-Blanc)

살다 보면 맑은 날도 궂은 날도 있게 마련이다. 사람이 어찌 날씨를 탓할 수 있으랴. 사실 어젯밤에 내린 비로 오늘 일정이 조심스러웠는데 아침에 일어나 커튼을 젖히며 바라본 제네바의 하늘은 구름 한 점 없이 푸르고 맑아 오월의 하늘을 연상케 했다. 다행스런 일이다. 여행의 만족도에 영향을 미치는 가장 큰 요인이 날씨라는 것에 대해서 이견이 없다. 특히 자연 경관을 주제로 하는 여행의 경우는 날씨가 절대적이다.

제네바 뉴 미디 호텔의 아침 식사. 식당은 정갈하고 깔끔하게 단장된 모습으로 투숙객을 맞이했다.

오늘은 제네바에서 프랑스 국경을 건너 샤모니 몽블랑으로 가는 일정이다. 샤모니는 몽블랑이 있는 프랑스 마을의 이름이고 몽블랑은 유럽의 최고봉(峰)이다. 4,000m급 거대한 알프스 산맥의 봉우리들이 스위스에도 많지만 최고봉은 프랑스에 자리를 잡은 것이다.

일반적으로 유럽 단체여행의 일정 속에서 스위스에는 알프스 융프라우가 빠지지 않는다. 융프라우는 스위스 여행의 중심이기 때문이다. 그러나 융프라우는 꼭 들어 있지만 프랑스 샤모니는 일정에 거의 들어가지 않는다. 빠지는 이유는 무엇일까? 교통이 불편해서 그럴까? 알프스 최고봉 몽블랑을 검색하면서 나는 몽블랑의 아름다운 자태에 감탄하지 않을 수 없었다. 알프스가 빚어낸 웅장하고도 빛나는 백설의 산봉우리들이 동화 속의 나라처럼 이 나이의 가슴도 뛰게 했다. 하늘의 푸른빛, 흰 눈빛, 들판의 초록빛이 어울려 만들어 내는 장엄한 하모니는 어릴 적 꿈의 실현에 대한 욕구를 자극하기에 충분했다. 실제 알프스는 사진보다도 현장이 더욱 광대하고 아름답다.

　샤모니 마을은 이곳 제네바에서 약 90km 떨어져 있다. 이동 방법은 버스나 기차를 이용하는데 버스가 훨씬 편하고 좋을 것 같다. 기차는 시간도 오래(3~4시간) 걸리고 환승도 해야 하는 반면 버스는

제네바 시외버스 정류장(GARE ROUTIERE)

직행으로 1시간 10분 남짓 소요된다. 버스 터미널은 제네바 기차역 광장 앞의 큰길 횡단보도를 건너서 곧바로 내려가는 길이 레만 호수로 향하는 길인데 이 길을 따라 약 150m 정도만 가면 큰 공터가 있고 프랑스 말로 GARE ROUTIERE라고 적힌 허름한 가건물 대합실이 보인다. 우리말로 버스 터미널이란 뜻이고 이곳에서 샤모니행 버스를 탑승하게 된다.

버스 터미널 바로 옆에는 작고 예쁘게 생긴 교회가 있는데 영국 교회라고 한다.

　이 나라는 기차 교통이 발달해서 그럴까? 버스 터미널 시설은 아주 열악했다. 대합실에 승객을 위한 시설은 형편없을뿐더러 버스는 여러 대 주차되어 있지만 도대체 어떤 버스가 어디로 가는지 행선지 안내판이 없는 것은 고사하고 터미널에 공중화장실도 없다. 화장실이라는 것이 건축

공사장에서나 볼 수 있는 이동식 간이 화장실을 공터 구석에 갖다 놓고 이용하게 했다.

샤모니로 출발하는 버스는 회사가 서로 다른 2~3종류가 되는 것 같다. 첫차 8시 30분부터 막차 20시 30분까지 하루 6번 운행하고 있다. 제네바 공항에서 출발하는 노란색 easy 소형버스가 있다고 들었는데 우리는 Swiss tours라고 적힌 10시 30분 버스를 이용했고 편하고 좋았다. 중간에 다른 정류장에 정차하지 않는 직행인데 요금은 1인당 28.5프랑(25유로)이다.

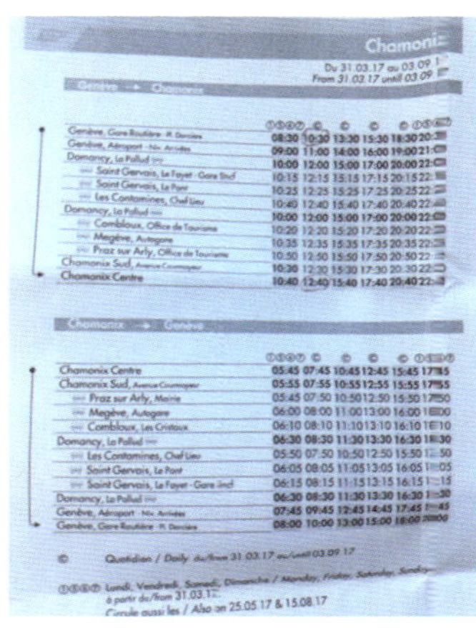

제네바 → 샤모니, 샤모니 → 제네바 버스 시간표

　제네바를 출발하여 시외로 나가면 아름답고 평화로운 들판들이 펼쳐진다. 소 떼들이 유유자적하게 방목되고 이 나라의 대명사처럼 여겨지는 푸르고 넓은 초원들이다. 산악 지형이 많은 이곳에서 농작물을 직접 재배하는 농지는 거의 보지 못했고 대부분의 산지가 초지로 가꾸어지고 있다. 아마도 여기서 깎은 풀은 목축을 위해 가축들의 식량으로 제공되는 것 같다. 가끔씩 옥수수밭이 있긴 하지만 옥수수도 식용으로 쓰이는 것 같지는 않다.

　버스를 타고 조금 가다 보면 프랑스 국경을 지나게 되는데 버스 안에서 여권 검사를 받게 된다. 여권은 항상 소지해야 한다. 우리와 함께 탔던 어느 부인은 여권이 없어서 함께 가지 못하고 남편과 같이 안타깝게도 검문소에서 하차당하고 말았다.

　샤모니 마을로 가까이 올수록 높고 험준한 산악지대가 나타나고 이렇게 깊은 골짜기에도 점점이 아름다운 집들이 그림처럼 펼쳐진 마을들이 있었다. 마침내 장관을 드러내는 알프스의 설봉들이 햇살에 비춰 눈부시게 빛나고 있다.

좋은 날씨에 기분 좋게 샤모니 마을에 도착했다. 역시나 이곳의 버스 정류장도 우리나라의 간이 정류장 수준이었다. 많은 관광객이 드나드는 세계적인 관광지 치곤 공공시설이 아주 빈약한 편이다. 우리의 교통문화와는 많은 차이가 난다.

샤모니 마을은 좌우로 알프스의 높은 산으로 둘러싸여 마치 물 홈통 모양으로 움푹 파인 계곡에 위치하고 있는데 계곡의 길이는 23km정도라고 한다. 지질학 자료에 의하면 약 일만 년 전 지구의 마지각 빙하기 때어 이 샤모니 계곡은 약 1,000m나 되는 두꺼운 얼음에 파묻혀 있었다고 한다. 지금은 얼음이 다 녹아 ㅈ 표면이 드러난 것이다.

샤모니 몽블랑(Chamonix Mont-Blanc),
줄여서 샤모니 마을이라 부른다.

　　인구는 약 만여 명 정도이며 마을은 작으나 세계적인 관광, 스포츠, 휴양 도시이다. 왼쪽으로 스위스 국경에 접하고 아래로는 몽블랑 터널을 통과하여 이탈리아와 접해 있고 마을은 프랑스에 속한다. 이곳은 알프스 최고봉인 몽블랑 등정의 출발점이 되는데 마을 자체가 해발 1,037m에 위치해 있다. 이곳에서 1924년의 세계 최초의 동계올림픽이 개최되었고 그로 인해 스키를 비롯한 동계 스포츠의 메카로 시설이 잘 구비되어 사계절 방문객으로 북적인다. 빙하가 녹아 흘러 스위스의 레만 호수로 흘러드는 아르브강의 발원지이기도 하다. 눈 덮인 알프스가 마을 전체를 내려다보고 있어 어디에서나 만년설을 감상할 수 있는 것은 이 마을이 가진 큰 축복이 아닐 수 없다.

마을에서 보면 멀리 알프스 몽블랑의 봉우리들이 신비스럽게 보인다. 의 사진의 집 처마 끝 바로 위로 멀리 작게 보이는 봉우리가 알프스 산맥의 최고봉 몽블랑이다.

마을의 중심가에 세워진 가브리엘 파카드(자크 발마
와 함께 몽블랑을 최초로 등정한 2인 중의 한 사람)의
기념 동상인데 그가 몽블랑 정상을 바라보고 있다.
짚고 있는 막대기의 끝부분 위쪽으로 멀리 보이는 산
봉우리가 정상이다.

버스 정류장에서 마을의 안쪽으로 들어서자 다양한 얼굴의 많은 관광
객들로 붐비고 있었다. 역시 관광지는 많이 붐벼야 재미도 있고 흥이 솟
는다. 여행의 즐거움은 나 혼자만의 즐거움이기도 하지만 서로 어울릴
때는 즐거움이 배가된다.

마을에는 오래되고 낡은 모습의 집들이 많았지만 타국이라 그런지 다
들 운치가 있어 보인다. 이곳의 성수기인 겨울 스키 시즌이 되면 얼마나

많은 사람들로 활기찬 모습일까 하는 상상도 해 본다. 강한 햇살에 캐디어를 끌고 마을을 구경하며 약 500m 정도 걸어서 예약해 둔 샤모니 머큐어 센터를 찾았다.

　샤모니 머큐어 센터는 샤모니 기차역 근처에 위치하고 마을 중심과 가까워 마트 이용이 편리하그 밤에도 구경하기에 좋았다. 호텔이 오픈한 지 오래된 것 같지 않아 보일 만큼 객실이 깨끗하고 모두 목재를 사용하여 고급스럽고 우아하게 지어졌다. 특히 호텔 객실의 발코니마다 꽃을 피워 아름답게 장식했는데 그로 인해 호텔 전체가 한 장의 아름다운 그림처럼 보였다. 프랑스 지역이라 그럴까. 가격은 스위스보다 저렴했는데 1박에 18만 원 정도였다.

저 멀리 산 정상으로 연결된 케이블

에귀 뒤 미디(Aiguille du Midi)로 가는 케이블카 매표소. 미리 예약을 해야 한다고 들었지만 예약은 하지 않았고 도착하는 순서대로 줄을 서서 약 20분 정도 기다렸다. 요금은 1인당 63유로이다. 샤모니는 프랑스 지역이라 유로화를 사용한다.

1

에귀 뒤 미디(Aiguille du Midi)

우리말로 '정오의 바늘', '한낮의 바늘'이라는 뜻으로 해석이 약간 난해하나 바늘같이 뾰족한 알프스 산봉우리 위로 태양이 지날 때 거의 정오가 되기 때문이라는 해석이다. 어쨌든 에귀 뒤 미디는 알프스 최고봉 몽블랑과 그를 둘러싸고 있는 천여 개의 크고 작은 산봉우리들의 전망을 즐길 수 있도록 험준한 에귀 뒤 미디 산봉우리(3,842m)의 꼭대기에 1955년 6월 24일에 완공한 관광 전망대이다. 완공되기 전까지는 융프라우요흐의 스핑스 전망대(3,571m)가 세계 최고(最高)였으나 에귀 뒤 미디가 준공됨으로 세계 최고로 등극하였다. 그 후 24년간 세계 최고의 타이틀을 주지하다가 1979년 스위스 체르마트에 마터호른 전망대, 이름하여 마터호른 글라시아 파라다이스(Matterhorn glacier paradise, 3,883m)가 세워짐으로써 두 번째 높은 전강대로 급을 낮췄다.

전망대는 남녀노소 누구나 쉽게 접근할 수 있도록 샤모니 마을과 케이블카로 연결되어 있는데 고도와 경사면에서 여행객의 감탄을 절로 자아

내게 한다. 뿐만 아니라 여기서 연결된 곤돌라 시설 및 등산철도는 겨울 스포츠 및 관광을 즐기려는 전 세계의 많은 인파들을 불러 모으고 있다.

마을에서 케이블카 승강장을 찾으려면 하늘로 치솟은 케이블카 선을 보고 따라가면 쉽게 찾을 수 있다. 케이블카는 오르면서 중간에 한 번 기착을 하는데 여기서 승객들은 다른 케이블카로 갈아타고 전망대에 오르게 된다. 마을의 승강장 자체의 해발고도가 1,035m이며 여기서 중간 기착지인 플랑 드 레귀(Plan de l'Aiguille)는 해발 2,317m이며 여기서 한 번 갈아탄 케이블카는 10여 분 만에 에귀 뒤 미디(해발 3,842m) 정상에 도착하게 된다.

샤모니라고 적힌 붉은색 케이블카는 예상외로 많은 사람들을 태웠다. 30여 명 정도는 될 것 같다. 기계 소리에 맞춰 부드럽게 떠올라 불과 몇 분 만에 1,000m 이상을 상승하여 중간 기착지인 플랑 드 레귀에 도착했다. 케이블카에서 내려다보이는 마을은 유럽의 다른 작은 마을들과는 느

낌이 다르다. 일반적으로 유럽 마을들의 지붕이 붉은색을 띠고 있거서 전경이 아름답고 밝게 보이는 데 비해 이곳의 지붕들은 대체적으로 어두운 색감으로, 마을 전체가 그렇게 조화롭고 아기자기한 느낌을 주지는 못했다. 듬성듬성 자리 잡은 집들을 제외하고 대지는 온통 짙은 푸르름으로 덮여 있다.

에귀 뒤 미디 케이블카는 이태리 기술자인 토티노에 의해 1950년대에 건설되었다. 샤모니 마을에서 케이블카 공사는 1910년대부터 시작되었지만 중간 기착지인 플랑 드 에귀(2,317m)부터 에귀 뒤 미디 정상까지는 아직 건설되지 못했다. 토티노는 이 구간을 받침대가 없이 케이블 선으로만 연결하려는 세계 최초의 설계를 했는데 그 당시 아무도 믿지 않을 것 같은 무모한 설계였다. 이 설계를 본 프랑스 행정관서는 케이블 선이 바위에 닿지 않아야 한다는 조건으로 공사를 승인했다.

1951년 공사가 시작되자 받침대 없는 공사의 가능성을 확인하기 위해

30여 명의 산악인이 1,700m의 쇠줄을 등에 지고 정상에 올랐다. 한 팀이 정상에서 도르레로 선을 잡고 있는 동안 다른 팀은 쇠줄을 밑으로 내리기 위해 에귀 뒤 미디 북벽을 기어 내려왔다. 쇠줄이 암반 틈에 걸리고 얼음과 바위들이 굴러떨어지는 등 인간과 자연과의 싸움은 높은 절벽 위에서 이루어졌다. 결국 이 시도는 성공적으로 이루어져 케이블 선이 바위에 닿지 않고 연결할 수 있다는 가능성을 확인하였고 본격적인 케이블 공사가 시작되었다. 고도와 가파른 벼랑의 악조건 속에서 공사는 진행되었는데 때로는 영하 50도의 강추위 속에서도 산악인의 등짐으로 짐을 지어 올리며 진행된 공사는 마침내 1955년 6월 24일에 완공되었다. 이때부터 봉우리 정상은 부대시설을 갖추게 되었고 남녀노소 누구나 알프스의 파노라마를 조망할 수 있는 최적의 전망대가 된 것이다.

중간 기착지에 도착 후 일단 내려서 기다리면 정상으로 올라갔던 케이블카가 다시 내려와서 여행객을 싣고 올라가게 된다.

기온은 확연히 쌀쌀해졌다. 그런데 일기가 심상치 않았다. 지상에서 아주 맑은 날씨가 중간 기착지인 여기서는 짙은 구름으로 뒤덮여 멀리 산봉우리들을 분간할 수 없었다. 몇 년 전 융프라우에서의 짙은 안개가 떠올랐다. 순간 '오늘 참 아쉽게 되었구나' 하는 넋두리가 나왔다. 아쉬운 마음으로 곧 도착한 케이블카를 타고 정상을 향해 출발했다.

그런데 산 정상은 뜻밖에도 다른 세상이었다. 중간 기착지의 애꿎은 그 많은 구름들은 우리들 발아래 짙게 뭉쳐져 있는 반면 이곳은 푸른 하늘이 활짝 열리고 약간의 구름들만 듬성듬성 산봉우리를 감싸 돌고 있었다.

케이블카에서 내린 여행객들이 이 아름다운 광경을 보고 감탄하고 흥분하며 즐거워하는 모습들이 역력했다. 눈이 시리도록 부시는 순백의 설경은 이 순간을 기다려 온 여행객들에게 행복하면서도 참 안도감을 들게 했다.

몽블랑 알프스의 첫 느낌은 투명한 보석 같은 아름다움이었다. 그러나 산세는 거칠고 기세는 등등했다. 힘 있게 솟아오른 산봉우리들은 오랜 세월의 눈보라에 시달리고 깎여 나가 어쩐지 메마르고 황량해진 느낌마저 들었다. 생명이라곤 존재하지 못할 것 같은 적막함과 고독감이 들기도 했다. 그러나 순결한 외모와 아름다운 자태는 색다른 감정들이 끼어들 수 없도록 눈을 현란하게 했다. 사람만 유혹의 주체가 아니라 대자연의 아름다움도 인간에겐 가슴을 뛰게 하는 유혹임은 두말할 나위가 없다는 것을 느꼈다.

사람이 살 수 없는 대자연 속에 감추어진 비경이 드러나는 순간 나도 위대한 대자연의 일부 속으로 동화되는 것 같은 느낌이 들었다. 그러나 대자연은 광대한 자신 앞에 선 나로 하여금 오히려 너무도 하잘것없이 작아진 모습을 스스로 돌아보게 했다. 티끌 같은 생명, 멀리서 설원 위를 줄지어 오르는 산악인들의 모습이 한 점으로 보였는데 마치 인간의 존재가 그렇게 작아 보였다.

여행이 주는 의미, 나를 볼 수 있다는 것은 큰 행운이 아닐 수 없다. 눈에 잡히지 않는 큰 선물이라도 받은 듯 어린아이마냥 이곳저곳 계단을 오르내리고 전망대를 쏘다니며 지금의 감정을 추억의 몇 장 사진으로 남기기에 바빴다.

하늘을 찌를 듯 솟은 산봉우리 위에 건설된 에귀 뒤 미디 전망대

한국어판으로 나온 몽블랑 소개 책자. 전망대에는 카페와 기념품 판매점이 있는데 몽블랑 소개 책자가 한국어판으로 나와 있어서 반가운 마음에 10유로를 주고 한 권 구입했다.

에귀 뒤 미디 전망대는 북쪽 전망대(Piton Nord), 몽블랑 갤러리와 중앙 전망대(Piton Central), 몽블랑의 경치를 바라볼 수 있는 몽블랑 전망대로 이루어져 있다. 그리고 전망대 간의 연결은 산봉우리를 이루는 거대한 암벽을 수직으로 뚫어 그 속에 전망대로 오르는 승강기를 설치해 놓았다. 스위스 알프스 융프라우요흐의 스핑스 전망대 역시 비슷한 구조로 되어 있다.

전망대는 2개의 산봉우리에 건축되어 있는데 철제 구름다리로 연결되어 있다. 로켓 모양으로 생긴 가장 높은 에귀 뒤 미디 정상에 오르기 위해서는 암벽에 먼저 수평으로 터널을 뚫고 터널에서 다시 수십 미터의 암벽을 수직으로 뚫어 설치한 승강기를 타고 올라가는데 놀라운 것은

건축 기술이 현재와 비교할 수도 없는 그 시기에는 4,000m의 험준한 고
봉의 꼭대기에 굴착 장비를 실어 나를 수도 없었을 텐데 어떻게 이런 어
려운 공사를 했는지 혀를 내두를 정도다.

　에귀 뒤 미디 전망대는 알프스 최고봉인 몽블랑(Mont Blanc, 4,810m)
정상을 위시하여 마터호른과 아이거와 함께 알프스 3대 북벽이라고 불리
는 그랑드 조라스(Grandes Jorasses, 4,208m), 그리고 주변 4,000m급 고
봉의 환상적인 파노라마를 감상할 수 있고 좋은 날씨엔 체르마트의 마터
호른까지 조망이 가능하다고 한다.

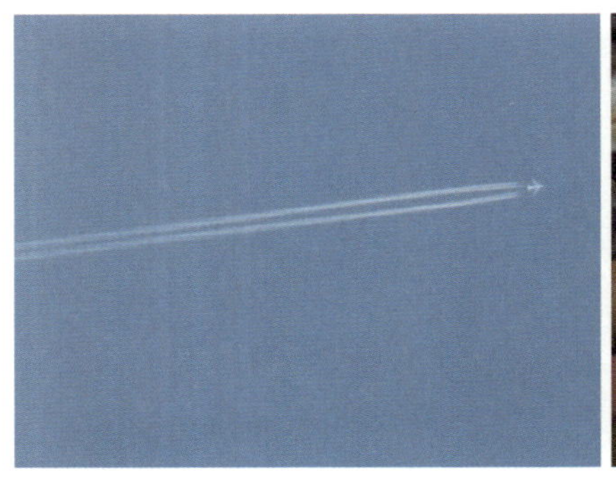

하늘은 구름 한 점 없이 맑았고 점심을 해결하기 위해 찾은 전망대의 에귀 뒤 미디 레스토랑은 여행객들로 붐벼서 기다린 후에야 겨우 자리를 얻었다. 우리 맛과는 많이 다른 짭짤한 샌드위치와 달콤한 빵, 따끈한 우유를 27유로에 해결하고 찬 몸을 조금 녹인 후 케이블카를 타기 위해 밖으로 나왔다.

케이블카를 갈아타는 중간 기착지인 플랑 드 레귀

플랑 드 레귀부터는 건조한 초원이 산 아래로 이어진다. 이곳은 많은 사람들의 하이킹 코스라고 한다. 시간만 허락 된다면 샤모니 마을까지 알프스의 풍광을 즐기며 천천히 걸어 내려가는 것도 좋을 것 같다. 아무래도 알프스에서는 ㅎ-이킹이 제격이 아닐까. 에귀 뒤 미디의 맞은편에 보이는 산은 샤모니 계곡 반대편 산으로 '브레방 산'인데 이곳에도 알프스를 조망하는 전망대가 있다.

2

샤모니(Chamonix) 마을

오후 시간에는 샤모니 마을을 둘러보았다. 정말로 관광객이 많았다. 길 거리와 야외 카페들마다 진을 친 사람들로 넘쳤다. 우리나라도 이렇게

보고 여유를 즐기는 관광지가 많이 생겼으면 좋겠다는 생각이 간절했다. 그러나 세계적 관광지로 유명한 마을이지만 마을에 대한 투자는 그리 시원치 않아 보였다. 좁은 도로와 부족한 교통 인프라, 여행지에 대한, 특히 외국인에 대한 여행 안내판, 그리고 편의시설 등, 우리나라 같으면 기본적으로 잘 갖추어져 있을 시설들이 이곳에서는 빈약하기 그지없다. 그저 필요에 따라 조금씩 개선하는 정도로 지내 온 것 같다. 마을을 더 좋게 만들고 잘 관리하려는 방안 등에 있어 행정 당국이 가진 시각이 우리와는 다소 차이가 있는 것 같다.

3

몽블랑(Mont-Blanc)의 첫 등정 이야기

유럽의 지붕이라 일컬어지는 알프스, 그 주봉인 몽블랑.

몽블랑이란 이름의 뜻은 '흰 산'이라는 뜻인데 이름 그대로 몽블랑은 사계절 만년설을 품고 전 세계 산악인 및 관광객을 끌어모으고 있다. 몽블랑의 높이는 4,810m다. 일반 자료에는 몽블랑의 높이가 4,807m로 나와 있는데 에귀 뒤 미디 전망대에서 구입한 책자에는 4,810m로 나와 있다.

몽블랑의 첫 등정은 언제 누구에 의해 시작됐을까?

유럽인들은 오랜 세월 동안 알프스에는 악마가 산다고 믿었다고 한다. 프랑스에 위치한 알프스 몽블랑 역시 '마(魔)의 산'이라고 불리며 공포의 대상으로 여겨졌다. 지금은 몽블랑 정상을 밟은 사람은 셀 수 없이 많고 접근 코스도 많이 개발돼 있지만 초기 등정기만 하더라도 정상을 정복하기까지는 많은 시간과 노력이 필요했을 것이다.

발마(Balmat, 왼쪽)와 소쉬르(Saussure)의
동상. 소쉬르는 근대 등산의 아버지라고 불
린다.

파카드(Paccard) 동상

지금부터 250년 전인 1760년 스위스 제네바의 자연과학자 오라스 베네딕트 드 소쉬르(Saussure)가 샤모니의 에귀 뒤 미디 맞은편에 있는 브레방 산(2,526m)의 정상에 올랐다가 거대한 성처럼 우뚝 솟아 있는 알프스의 최고봉 몽블랑의 장엄함에 감동하고 말았다. 그는 몽블랑에 오르는 사람에게는 상금을 주겠다고 공언했다.

그러나 사람들은 의외로 산을 두려워하여 지원자가 없었다. 여기저기에서 자주 일어나는 눈사태와 기상 변화로 그들은 악마가 살고 있다는 생각을 가지고 있었고 산을 오르려 하지 않았다. 거액의 상금은 산마을 사람들에게 별 관심이 없었다. 상금이 걸린 채 26년이나 지났는데도 몽블랑 등반을 시도한 사람은 아무도 없었다.

1786년 8월7일 당시 샤모니 계곡의 농부로 수정을 캐 생계를 유지하던 자크 발마(Balmat)와 의사인 미셸 가브리엘 파카드(Paccard)가 첫 등정에 도전했다. 이들은 크레바스의 위험에도 안전 로프도 없이 정상을 향해 가쁜 숨을 몰아쉬며 한 발 한 발 전진했다. 그리고 다음 날인 8월 8일 오후 6시 23분에 드디어 만년빙하 능선에서 파카드와 발마는 몽블랑 정상을 밟았다. 이 광경은 샤모니 마을에서 망원경으로 확인되었다. 그리고 오후 6시 57분에 하산하였는데 도중에 크레파스 중간에서 숙박을 하고 다음 날 발마는 햇빛으로 인해 거의 시력이 상실된 파카드를 부축하여 샤모니의 수도원에 도착하게 된다.

이들의 몽블랑 등정 소문은 유럽 전 지역으로 퍼져 나갔고 샤모니에 여행자들이 모이기 시작했다. 산을 오르려는 등산인들은 많아졌고 초등자를 기념하는 동상이 샤모니의 광장에 몽블랑을 바라보며 세워졌다.

현재 우리가 사용하는 알피니즘(Alpinism), 알피니스트(Alpinist) 라는 말은 이곳 알프스를 배경으로 시작된 말이다. 이렇듯 근대 등산의 시작은 이곳 알프스에서 시작되었다고 할 수 있다. 200년 이상의 역사를 기록하고 있는 근대 등산의 시초가 이들에 의해 시작된 것이다. 실제로 몽블랑 초등은 소쉬르가 건 상금을 타는 것이 목적이었으나 현재의 알피니즘은 초기의 높이를 추구하는 고전적인 의미는 퇴조하고 등반 과정의 어려움을 극복하는 모험적이고 스포츠적인 의미를 추구하는 상황이 되었다.

지구상에 인간 미답의 산봉우리가 없어진 상황에서 알피니즘은 구체적으로 어떤 대상지를 어떤 방법으로 올랐느냐에 역점을 두고 이해하려는 경향이라고 한다.

　1786년 자크 발마와 가브리엘 파카드가 몽블랑을 정복했다는 소식은 유럽에서 큰 화제가 됐다. 이후 자그마한 산간 마을에 지나지 않았던 샤모니 마을은 등반가와 관광객으로 북적이게 되었다. 알프스를 '인간이 오를 수 있는 산'으로 인식하게 된 계기인 몽블랑 초등은 세계 등반사에서 이를 근대 등반의 시점으로 보고 상금을 걸고 등정을 주창했던 소쉬르를 '근대 등반의 아버지'라고 부르기 시작했다. 소쉬르도 그다음 해 발마와 함께 몽블랑 등정에 성공했다. 그래서 현재 샤모니 마을에는 몽블랑이 마주 보이는 중심가에 발마 광장을 마련하고 이들의 최초 등정을 기념하는 뜻에서 발마와 소쉬르가 함께한 동상이 세워졌다. 그리고 오랜 서월이 지난 후에 파카드의 동상이 근처에 별도로 세워졌다.

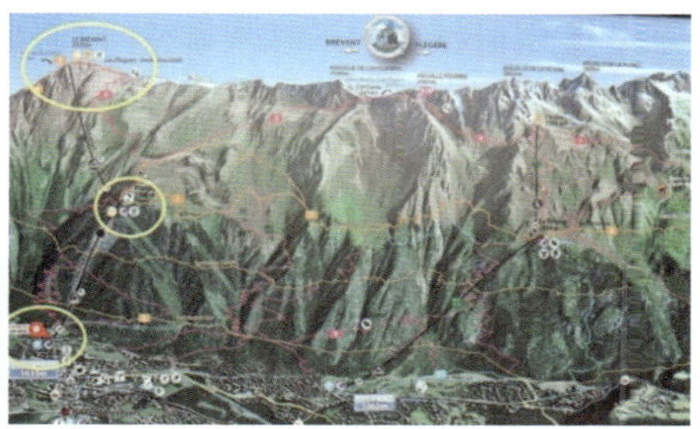

몽블랑 맞은편에 있는 브레방 산. 마을에서 케이블카를 타고 브레방 전망대에 오르면 건너편 몽블랑의 파노라마를 또 다른 느낌으로 조망할 수 있다. 샤모니 1일권 티켓으르 두 전망대 모두 해결 가능하다.

　샤모니라는 이 아담한 도시는 자연을 사랑하고 또 보고 싶어 하는 이들에게 두루 만족을 안겨 준다. 어린아이부터 노년에 이르기까지 해발 3,842m에 위치한 전망대까지 쉽게 올라가 알프스의 장관을 굽어보며 즐길 수 있다. 바로 산악관광의 명물인 케이블카와 톱니바퀴 열차가 있기 때문이다. 트레킹을 하는 사람들도 힘들면 중간중간 열차와 케이블카를 갈아타면서 여유와 낭만을 만끽할 수 있다. 겨울철 샤모니의 가장 큰 자부심은 에귀 뒤 미디에서 샤모니 마을까지 내려오는 빙하 스키 코스인 '발레 블랑쉬(Vallee Blanche)'라고 하는데 길이만도 무려 25km에 달한다. 세계에서 가장 긴 이 슬로프는 모든 스키어에게 특별한 짜릿함을 안겨 준다고 한다.

　많은 사람들에게 아름다운 자태로 마음을 녹이고 웅장함으로 가슴을 벅차게 한 몽블랑의 어둠은 깊은 골짜기 덕분에 생각보다 빨리 다가왔다. 오늘의 감격을 간직한 채 약간은 허허로운 감정을 교차시키며 꽃으로 예쁘게 장식된 샤모니 머큐어 센터의 몽블랑 품속에서 밤을 보냈다.

4

샤모니 마을의 두 동상에 얽힌 이야기

몽블랑 등정에 등장하는 세 주인공은 발마와 파카드, 소쉬르 세 사람이다.

여기서 최초 등정으로 역사에 이름을 남긴 사람은 자크 발마(Balmat Jaques, 1762~1834)와 미셸 가브리엘 파카드(Paccard Michel Gabriel, 1757~1827) 두 사람이고 소쉬르는 상금을 건 후원자였다. 그런데 동상에 세워진 사람은 최초 등정자인 발마와 파카드가 아니라 발마와 소쉬르였고 첫 등정 후 무려 200년이 지난 후에 파카드의 동상이 그 인근에 별도로 세워졌다. 왜 샤모니 사람들은 최초 등정한 발마와 파카드 두 사람의 동상을 먼저 세우지 않고 발마와 소쉬르가 함께하는 동상을 먼저 세웠을까?

자크 발마는 샤모니의 농부로 수정 채굴꾼이었다. 샤모니를 둘러싼 수없이 많은 첨봉들의 암반 속에는 진귀한 천연 수정들이 박혀 있었는데 아름다운 빛을 발하는 수정을 찾아 장비도 없이 산을 오르기 시작한 덕에 산에 대해 탁월한 감각을 지닌 사람이었다. 그러나 그의 성격은 폐쇄적이었고 과묵하여 타인들로부터 인정받기 어려운 인물이었다. 파카드 역시 샤모니 출생으로 자연과학에 관심이 많은 의사였다. 그는 의학 공부 후 의사로서 최초로 고향에 정착하게 되는데 발마의 부인 및 딸을 치료해 주기도 했으며 발마와 함께 몽블랑 등정 10년 후에 발마의 여동생과 결혼하게 된다.

두 청년이 몽블랑이라는 공동의 목표로 의기투합한 데는 타고난 모험심 외에도 제네바 출신의 자연과학자인 소쉬르(Horace Benedict de Saussure)라는 인물이 있었다. 26년 전인 1760년, 소쉬르는 샤모니를 방문하여 브레방(2,526m) 산에 올랐을 때 건너편에 우뚝 선 몽블랑의 장엄함에 감동한 후 이제까지 아무도 오른 적이 없는 몽블랑의 신비스러운 정체를 밝히겠다는 결심을 하고 처음 오르는 사람에게 큰 상금을 주겠다고 하였는데 상금은 26년이 지난 1786년까지 고스란히 남아 있었다.

여기에 첫 도전장을 내민 사람이 발마와 파카드였다.

도전은 당시로서는 목숨을 건 모험이었다. 변변한 장비나 지도도 없고, 기상 관측도 불가능한, 등산이라는 용어조차 없던 시대였다. 그러나 두 사람은 정상 등정에 성공하고 샤모니로 귀환했다.

문제는 여기서부터 꼬이기 시작하였다. 과거사라 증명할 기록과 방법은 없지만 두 사람의 관계에 문제가 생긴 것만은 확실해 보인다. 얼마 후 발마가 폭탄선언 같은 말을 내뱉는다. 그는 몽블랑 초등의 영예를 독차지라도 하려는 듯 "파카드는 한 일이 거의 없고, 모든 일을 내가 다 했다.

정상에도 내가 먼저 올랐다. 나중에 파카드를 정상으로 끌어올리기 위해 산을 내려가 그를 데리고 와야 했다. 그리고 귀환 시에도 설맹이 된 파카드를 붙잡고 내려왔다.'고 주장하기 시작했다. 상금이 탐이 나서 그랬을까? 그러나 파카드의 반응은 전혀 달랐다. 파카드는 상금보다는 자연과학적 지적 호기심으로 몽블랑에 오르기를 꿈꾸었던 인물로 오히려 그가 짐꾼 겸 가이드로 발마를 고용했던 것이다. 그리고 파카드는 정상 정복에 건 소쉬르의 상금도 발마에게 전액 양보하였다. 그러나 이런 파카드에게 돌아온 발마의 반응은 비열한 모략이었고, 그의 비난은 파카드의 마음을 상하게 했다. 발마는 몽블랑 등정 후 탁월한 용기와 모험심으로 그 당시 이탈리아의 지방왕국이었던 사르데냐(Sardegna) 왕으로 부터 스스로를 '몽블랑'으로 불리는 것을 허락받았던 스물네 살 청년이었다. 그런 영예가 주어지자 발마의 지나친 자만심은 파카드와 함께 성취한 몽블랑 초등 역사의 진실을 왜곡시키고 만 것이다.

발마는 왜 등정을 왜곡했으며 파카드는 침묵했을까?
이는 10년 후 파카드가 발마의 여동생과 결혼한 것을 두고 볼 때 발마와의 논쟁에서 침묵을 유지했던 파카드는 미래의 가족으로서 발마에 대한 생각이 달랐을 수도 있었을 것으로 추측된다.

들끓는 논쟁에 기름을 들이부은 건 당대의 대문호로 소설 몽테크리스토 백작으로 유명한 알렉산더 뒤마였다. 그는 이 모험담에 얽힌 온갖 논쟁과 추문들을 발마의 이야기에 기반하여 소설로 구성해 세상에 발표했다. 그러자 대중은 당연히 그 이야기를 사실로 받아들였다. 그렇게 발마의 모략으로 인해 구성된 이야기는 사실로 인식되었고 파카드는 심적 고통을 겪은 채 세상을 떠났다. 그러나 그의 사망 후에도 이 사건은 등반 사상 가장 큰 논쟁의 하나로 남았다.

1887년 8월 28일 몽블랑 초등 100주년을 기념해 프랑스 산악회와 주변 국가 여러 산악회의 후원으로 발마와 파카드가 아닌 발마와 후원자 소쉬르의 동상이 샤모니 광장에 설치되었다. 이 동상이 건립될 당시까지만해도 몽블랑 등정은 발마만의 성공으로 여겨지고 있었다. 결국 파카드는 제외된 채 상금을 걸었던 소쉬르와 함께 두 명이 함께하는 동상이 세워지게 된 것이다. 소쉬르가 후원자로서 샤모니 마을에 영광을 안겨 준 인물로 인정받았기 때문이다.

파카드의 등정 의혹을 둘러싼 150년의 논쟁이 끝나게 된 것은 영국의 산악인 프레시필드(D. W. Freshfield) 덕분이었다. 진실 규명을 위한 집요한 추적을 멈추지 않은 그는 마침내 소쉬르의 증손자가 보관해 온 발마의 일기 기록 자료를 찾아냈다. 발마에 의해 기록된 일기에는 파카드가 발마의 도움 없이 정상에 올랐음은 물론, 오히려 그가 발마보다 정상에 먼저 올랐음이 상세하게 기록되어 있었다. 이 일기장이 공개됨으로써 마침내 등정 의혹에 대한 진실이 드러났다. 그리고 프레시필드는 소쉬르와 발마의 동상 옆에 오랫동안 멸시를 받아 온 진정한 몽블랑 초등자인 파카드의 동상을 세워야 한다고 주장했다. 결국 그의 주장이 받아들여져 1986년 등정 200주년 때 발마와 소쉬르의 동상 뒤편에 별도로 몽블랑을 응시하는 파카드 혼자의 동상이 세워지게 된다.

몽블랑이 초등된 후에도 19세기 중반까지 등반에 대한 체계와 시설, 장비가 개발되기 전까지는 몽블랑을 오르는 일은 대단한 고통과 위험이 다르는 도전이었다. 초등 후 다음 해인 1787년, 발마와 소쉬르는 같이 몽블랑 등정에 성공한다. 발마에겐 두 번째 성공이었다. 그러나 소쉬르의 주도면밀한 준비는 엄청났다. 그의 요청에 따라 18명의 가이드들이 그의 관심사를 위해 과학 장비를 운반하고 별도의 장비로 등반대원 전원이 잘 수 있는 대형 천막, 크러바스를 건널 때 사용하는 사다리, 개인 침대와 무게가 68kg이나 나가는 이불, 매트리스, 침대 시트와 외투 두 벌, 자켓 세 벌, 조끼 세 벌, 남방 여섯 벌, 여행복, 긴 옷, 장화 몇 켤레, 슬리퍼 등뿐만 아니라 불을 피우기 위한 장작더미까지 포함한 대규모의 원정대를 꾸렸다. 이런 덕분에 그는 빙하 연구, 모발 습도계 등 각종 측정기구, 산악 등반의 기술 등, 여러 분야에 중요한 자료를 남기게 되었다.

초등 이후 100여 년간 여전히 몽블랑 등반은 죽음을 향한 행보로 불렸다. 등반대가 '떴다'는 소문이 들리면 그들을 보기 위해 마을 사람들이 줄을 서고, 성공 가능성을 점치며 원정대의 귀환을 기다렸다. 등반이 성공하는 경우에는 계곡과 그들이 머물던 호텔에서도 축포를 쏘아 올리고 등반대가 마을로 돌아오면 꽃다발과 환영 인파에 묻히고 샴페인으로 축배를 들었다. 그러나 이런 분위기는 1853년을 기점으로 점점 식어 가게 된다. 몽블랑으로 향하는 길에 첫 산장이 들어서면서 등반대의 수가 엄청나게 증가하게 되고 자연히 사람들의 관심도 시들해져 갔기 때문이다.

그래도 몽블랑과 그를 품고 있는 샤모니 마을은 여전히 세계 산악인의 선망의 대상이고 직접 등정에 참가하지 못하는 수많은 사람들은 관광객으로서 쉼 없이 모여들고 있다.

마을의 중앙 광장에 주인공으로 자리 잡은 발마는 그 후 상금으로 받은 돈을 불행하게도 사기꾼의 꾐에 속아 날려 버리고 여전히 어려운 생활을 하던 중 어느 날 빙하 속에 금광이 있다고 믿고 산에 올라가 실종되었다고 전해진다.

제4장

셋째 날(9.4)
제네바(Geneva) 여행

오늘도 여전히 맑고 좋은 날씨다. 날씨 덕에 몽블랑 에귀 뒤 미디에 오르는 여행객들은 행운이라는 생각이 들었다. 어제는 나에게도 행운이었다. 여행지를 떠날 때마다 늘 드는 생각이 언제 다시 이곳에 올 수 있을까 하는 것이다. 시간이 흐르고 나면 잠시 스치고 온 듯 순간밖에 되지 않는

샤모니의 버스 정류장. 버스 정류장은 마을 입구에 있고 제네바로 출발하는 버스 시간 에귀 뒤 미디 매표소에서 멀지 않다. 모두 걸어서 이동 표, 아쉬운 작별, 짧은 인연의 가능하다. 샤모니를 떠나면서.

추억들이 정말 아쉬울 뿐이다. 다시 제네바로 돌아가기 위해 나서면서 수천, 수만의 풍상(風霜)과 풍설(風雪) 속에서도 몽블랑은 언제나 순백의 기개와 장엄한 자태를 간직해 주기를 바라면서 버스에 몸을 실었다.

　샤모니 몽블랑에서 10시 30분 버스로 제네바에 도착하니 아직 정오가 채 되지 않았다. 버스 정류장 근처에 위치한 오늘 숙박지 몬타나(MONTANA) 호텔에 짐을 먼저 맡긴 후 시내로 나왔다. 밝은 햇살에 선선한 기온, 좋은 날씨 덕에 한결 마음이 가볍다. 스위스 도착 첫날 밤부터 이틀간 밤 시간에 비가 약간 내린 것을 제외하면 매일 좋은 날씨다. 오늘 일정은 한국 식당을 찾아 점심을 해결한 후 종교개혁 기념비가 있는 바스티옹 공원(제네바 대학), 레만 호수 유람선 탑승, UN 유럽본부, 저녁 식사

후 시내 야경 순으로 진행하기로 하였다.

제네바 중앙역. 이곳 이름으로 코르나뱅(Gare de Cornavin) 역이다. 정문으로 나오면 역 광장 건너편이 상가 지역이고 많은 여행객들로 붐빈다.

몬타나 호텔은 중앙역에서 불과 100m 남짓, 편리한 교통이 최고의 이점이다. 시설은 많이 낙후되었지만 아침에 식당에서 손님을 맞이하는 종업원의 상냥함과 친절함은 여행객의 마음을 기쁘게 하기에 충분했다.

점심을 먹은 한국식당 '밥(bap)'이다. 마노르(Manor) 백화점 옆에 있다.

식당 '밥(bap)'은 반가운 한글 간판을 달고 낯선 타국에서 한국인의 친밀감을 높여 주었다. 제네바에는 네댓 개의 한국 식당이 있는 것으로 여행 책자에 나와 있는데 '밥' 식당이 제네바역에서 가깝고 가는 방향이라 들르게 되었다. 그러나 식사비는 만만치 않았다. 아내와 둘이서 불고기 덮밥, 돌솥비빔밥에 생수 1병을 시켜 먹고 48.5프랑을 지불했다. 점심시간이라 그런지 매우 붐벼서 자리가 없을 정도였는데 모두 외국인들이었다. 우리나라 음식의 인기가 여기서도 좋은 모양이다. 종업원인 젊은 숙녀들은 동양인으로 보였는데 우리말을 전혀 못 하였다. 행운스럽게도 식사 도중에 주인 되시는 중년의 한국인 여사장님이 우리를 보고 반갑게 맞이해 주어서 동포애가 일었다. 이곳에 오래 거주하신 분 같은데 얼마나 이해심이 깊고 인심이 후하던지, 우리가 먹는 밥과 고기의 양이 너무 많아서 포장이 되느냐고 물었더니 쾌히 OK 하시면서 1회용 도시락 통에 밥도 더 많이, 반찬은 새것으로 별도로 포장하여 담아주셨다. 여행 다니다 보면 우리나라 음식이 먹고 싶을 텐데 이것 드시라는 말에 우리는 웬 행운인가 싶었다. 고맙다는 말을 몇 번이나 하고 저녁도 우리 음식으로 해결되는구나 하면서 들고 다닐 수 없어서 다시 호텔로 돌아가 보관해 놓고 12번 트램을 타고 바스티옹 공원으로 향했다.

세상을 살면서 타인을 기쁘게 해 주는 삶을 산다는 것은 인간의 삶의 목적과도 직결된 것이다. 어릴 적부터 학교에서 배워 온 도덕적 의무 같은 것이기도 하다. 사람이면 당연히 그렇게 살아야 하는 것 아닌가? 그러나 어디 현실이 그리 호락호락한가? 내 스스로를 챙기기도 버거운 판에.

그러나 낯선 땅에서 식당업을 하면서 같은 한국인의 동질성으로 살갑게 맞이하고 챙겨 주는 인심은 우리에겐 큰 기쁨이 되었고 배려는 감동적이었다. 결국 여행은 거대 자연의 황홀경, 산천초목과의 교감뿐 아니라 따뜻한 이웃과의 만남이기도 한 것을 느낀다. 작은 배려지만 나에게는 큰 기쁨으로 온 것이다.

중앙역 근처 고딕 양식의 노트르담 바실리카(대성당). 산티아고 순례자들이 거쳐 가는 성당이라고 한다.

1

산티아고 순례길(Camino de Santiago)

스페인어로 '카미노 데 산티아고'로, 영어로는 'the Way of St. James'로 불리며 21세기 현대인들에게 '묵상(黙想)'과 '성찰(省察)'의 소중한 시간을 제공하며 우리나라에도 잘 알려진 순례길이다.

성경에 나오는 예수의 12제자 중의 한 사람인 성(聖) 야고보('야고브'의 스페인 이름이 '산티아고'이고 영어 이름이 '제임스(James)'다)는 같은 12제자의 한 사람인 요한(John)의 친형이다. 야고보는 예수의 십자가 처형 후 지금의 스페인 북부지역에서 복음을 전파하였는데 선교활동에 큰 성과가 없자 예루살렘으로 귀환하였고 서기 44년경 당시 유대의 왕이었던 헤롯에 의해 죽임을 당했다. 그는 열두 제자 중 첫 번째 순교자이다. 순교 후 야고보의 제자들은 그의 유언에 따라 시신을 수습해 스페인 북서부로 향했고 로마 군사들의 눈을 피해 어딘가에 매장하였다. 그렇게 그의 무덤은 사람들에게 잊혀졌으나 약 800년이 지난 후 어느 날 가톨릭 수도사가 감미로운 음악 소리와 반짝이는 별을 보고 따라갔는데 밝게 빛나는 별

빛이 비추는 곳에서 어느 유골을 발견하게 되었다. 그는 이 유골이 사도 야고보의 유골임을 직감하였고 이곳을 성스러운 장소로 선언하였다. 그 후 당시 아스투리아스의 왕인 알폰소 2세도 이곳을 찾아 아름다운 성당을 건축했다. 이때부터 이곳은 '별이 비추는 들판'이라는 의미로 콤포스텔라(Campo steela)라 불리기 시작했고 오늘에 이르러 '산티아고 데 콤포스텔라(Santiago de Compostela)'라는 이름의 도시가 되었다.

유골이 발견된 후 성(聖) 야고보의 무덤이 존재한다는 사실은 서유럽 전체로 빠르게 퍼져나갔고, 무덤을 확인하려는 순례객들이 매년 50여만 명에 달했으며 특히 1189년 교황 알렉산더 3세에 의해 이곳이 가톨릭 성지로 선언되었다. 그리고 성 야고보(산티아고)의 축일인 7월 25일이 일요일이 되는 '성스러운 해'에 이곳에 도착하는 순례자는 그동안 지은 죄를 완전히 속죄받을 수 있고 다른 해에 도착한 순례자는 지은 죄의 절반을 속죄받는다고 전해졌다.

이 도시에 이르는 순례길은 9개 정도의 루트가 있는데 가장 인기 있고 유명한 출발점이 프랑스와 스페인의 경계인 피레네 산맥 기슭에 위치한

녹색 루트가 가장 인기 있는 순례길인 '카미노 프랑세스(Camino Frances)'이다.

작은 프랑스 마을 '생 장 피드 포르(St. Jean Pied de Port)'로서 이곳에서 출발하는 순례길의 이름이 '카미노 프랑세스(Camino Frances)'이다. 이곳에는 순례 여권을 발급하는 사무실이 있으며 총 길이는 약 780km에 이른다.

이후 이곳은 예루살렘, 로마에 이은 유럽 3대 순례지로 자리 잡았으며 순례 중에 거쳐 가는 약 1,700여 개의 옛 건축물들은 오랜 세월의 흐름에도 역사적 가치가 잘 보존되어 1993년 유네스코 세계문화유산으로 지정되었고 가장 인기 있는 가톨릭 성지 순례길이 되었다.

순례길은 길목마다 방향을 알려 주는 노란 화살표와 조개껍질 모양의

표식으로 길을 걷는 사람은 누구라도 쉽게 목적지로 향할 수 있도록 되어 있다. 오늘에 와서는 순수하게 신앙과 구도의 목적으로 순례하는 이들도 있지만 이와는 무관하게 먼 길을 걸음으로 현대사회의 보이지 않는 굴레에서 탈피하고자 하는 이들이 있고 또, 누군가는 삶의 위선을 털고 자아의 성찰과 회복을 위해, 또 복잡한 일상의 피로를 떠나보내고 심신의 재충전과 힐링을 위해, 또는 삶의 전환점을 찾기 위한 묵상과 침묵을 위해 각기 다양한 이유를 가진 사람들로 채워지고 있다고 한다. 짓누르는 삶의 무게를 벗겨내고 허허로운 길을 오직 목적지를 향해 하염없이 걷다 보면 천년 세월의 희로애락을 간직한 이 성스러운 길이 전해 주는 역사의 속삭임에 어느새 한없이 평화롭고 행복해진 나 자신을 마주하게 된다고 한다.

2

바스티옹 공원(Parc des Bastion)
종교개혁 기념비

바스티옹 공원(Parc des Bastion)은 중앙역에서 12번 트램을 타고 플라
드 드 뇌브(Place de Neuve) 정거장에 내리면 되는데 제네바 시가 크지
않아 시내를 구경 삼아 걸어와도 멀지 않다. 공원에는 종교개혁 기념비
가 있고 공원 바로 옆이 제네바 대학이다.

제네바 시민들의 휴식처 바스티옹 공원(Parc des Bastion)

공원에 들어서자 푸른 잔디 광장에서 젊은이들이 웃통을 벗고 나무에 줄을 걸어 줄타기를 하고 있었는데 위험하게 보였지만 재주와 호기가 만만치 않게 보였다. 한여름의 녹음이 우거져 시원한 그늘을 만들고 그 아래 노인들과 어린이를 데리고 나온 가족들이 그렇게 잘 정돈되지 않은 잔디밭을 휴식처 삼아 여유와 한담의 시간을 보내고 있었다. 길가에는 행사 사진, 미술작품의 전시회도 열리는 중이었다.

16세기, 전 유럽으로 번져 나간 종교개혁은 독일의 마르틴 루터(Martin Luther)가 1517년 10월 31일, 독일의 중부 도시 비텐베르크(Wittenberg) 성(城) 교회 문에 95개 논제를 붙임으로 시작되었는데 스위스에서는 츠빙글리(Ulrich Zwingli)와 칼뱅(Jean Calvin)에 의해 조금 다른 형태로 주도되었다. 이후 칼뱅은 제네바를 강력한 개신교 도시이자 스위스 종교개혁

의 중심지로 탈바꿈시켰고 취리히에서는 츠빙글리가 개혁을 주도했다.

　1536년 5월 21일, 제네바 시민들로 구성된 복음주의적 총회에서는 만장일치로 로마 가톨릭의 교리와 우상을 배격하고 종교개혁에 의거한 복음주의적 형태의 예배만을 실시하기로 가결함으로써 제네바에서의 종교개혁이 공식적으로 단행되었다. 또, 1536년은 칼뱅이 제네바의 종교개혁자 파렐로부터 초청을 받은 해이다. 본래 프랑스인인 칼뱅은 개신교의 개척자로서 개혁적인 신앙과 신학을 설교하다가 파렐로부터 초청을 받고 제네바로 와서 개신교의 이념 아래 교회 제도를 정비하고 신권정치를 시도하였다. 루터가 영웅적인 용기를 발휘하여 로마 교회에서 신교를 떼어내 종교개혁을 시작했다면 칼뱅은 명석한 지성과 쉼 없는 펜으로 종교개혁을 확립하고 안정시켜 완성했던 것이다.

종교개혁 기념비. 왼쪽부터 당시 제네바의 종교개혁을 이끈 중심 인물인 파렐(Farel), 칼뱅(Calvin), 칼뱅의 후계자로 최초의 제네바 대학 학장인 베제(Beze), 스코틀랜드 장로제도 창시자 녹스(Knox)의 전신상으로 약 5m 높이의 석조 부조로 조각되어 있다.

　　종교개혁 기념비는 부패한 로마 가톨릭에 항의하여 자신들의 믿음을 쟁취한 프로테스탄트를 기념하기 위해 세워진 기념비로, 칼뱅 탄생 400주년인 1909년부터 1917년까지 만들어져 제네바 대학 내의 바스티옹 공원에 설치되었다. 이곳은 19세기 중반까지 적으로부터 제네바를 방어해 온 성벽이었다고 전해지는 돌벽이다. 옆에는 그보다 작은 크기로 영국의 크롬웰 등 다른 종교 개혁가들의 모습이 조각되어 있으며 종교개혁의 슬로건이자 제네바의 표어이기도 한 'Post Tenebras Lux('어둠 뒤에 빛이 있으라'라는 뜻의 라틴어)'가 새겨져 있다. 길이는 약 100m이다. 제네바 대학교(Université de Genève)는 1559년 칼뱅(John Calvin)에 의해 신학, 법학, 인문교육 기관으로 설립된 뒤 1873년 공립 종합대학교가 되었고 여러 명의 노벨상 수상자를 배출한 스위스 제2의 대학이다.

3

레만호 유람선(CGN) UN 유럽본부

유람선이 가득한 이곳은 레만호 선착장. 이름은 제네바 몽블랑이다.

이곳에서 티켓을 끊고 관광 유람선 또는 다른 마을로 이동하는 정기 여객선을 탈 수 있는데 매표소에 비치된 안내 리플렛을 보면 레만호를 운행하는 여객선의 전체 운항 시간표가 잘 나와 있고 스위스패스로는 무료로 탑승할 수 있다.

여객선은 스위스뿐 아니라 호수 남쪽의 프랑스 지역까지 두 나라를 운행해서 그런지 여객선의 앞쪽에는 프랑스 국기를, 뒤쪽에는 스위스 국기를 사이좋게 달고 있다. 호수가 도시의 한복판에 있는데도 오염되지 않았고 얼마나 깨끗한지 호수 바닥이 훤히 드러나 보인다. 몇 마리의 백조들이 유유히 물 위를 거닐고 약간은 옛 느낌의 증기선 모양새를 한 여객선의 흰빛이 푸른 물결과 잘 어울린다. 유람선의 크고 운치 있는 노란색 큰 굴뚝은 마치 한창때의 산업혁명 시대로 거슬러 올라간 이미지를 풍기면서 당장이라도 시커먼 연기를 내뿜으며 투박한 저음의 뱃고동을 울릴 것만 같다. 우리나라에서는 느낄 수 없는 이색적 정취가 감도는 것 같다.

　　호수 주변의 건물들은 하나같이 나지막한 것이 미국이나 동양의 대도
시처럼 크고 높은 위용을 뽐내지는 않는다. 바다가 없는 스위스에서는
레만 호수뿐 아니라 다른 호수의 주변도 으레 부유한 재력가들의 휴식,
휴양의 공간으로 별장용 저택들이 많다고 한다. 과거나 지금이나 부유한

사람들이 만들어 내는 이곳의 호수 주변 경관 역시 고급스럽고 우아한 정
취를 자아낸다.

호숫가에 설치된 대관람차. 그저께 저녁 도착했을 때 제네바의 야경을 구경한답시고 탑
승해 보았다. 저녁 시간에는 제네바의 가장 유명한 랜드마크인 제토 분수(Jet d'Eau)가 힘
차게 솟구치고 있었는데 오늘 낮에는 분수가 작동되지 않았다.

우리는 내일 로잔에서 에비앙으로 갈 계획이 있어 여기서는 1시간용 유람선을 타 보기로 했는데 유람선은 호수를 돌면서 3개의 다른 선착장에 잠깐씩 머물게 된다. 유람선이 마지막 머무는 곳이 벨뷰(Bellevue)라는 작은 마을인데 우리는 시골에 대한 호기심으로 무조건 내렸고 이곳에서 마을을 둘러본 뒤 기차로 제네바로 돌아가기로 했다.

한적한 시골 마을 벨뷰는 적막이 감돌 듯 고요했다. 지나가는 사람도 없었고 그렇다고 별 특이한 것도 없었다. 언덕 위에 자리 잡은 기차역은 사무원도 없는 간이역으로 기차가 정차할 때 내리거나 탑승하면 그만이다.

벨뷰(Bellevue)에서 제네바역으로 돌아온 후 버스로 바로 찾아간 곳은 UN 유럽본부이다. 각국의 국기들이 나부끼며 정문 앞을 장식하고 있는 이곳 광장의 이름은 나시옹(Nations) 광장이다. 광장에는 전체 분위기와는 잘 어울리지는 않지만 의미가 있는 '부러진 의자(Broken Chair)' 조형물이 우뚝 세워져 있다. 스위스 조각가 다니엘 베르트(Daniel Berset)의 작품으로 높이가 12m에 이르며 지뢰에 반대하는 의미를 가지고 있다. 세계 곳곳의 전쟁에서 인명을 해하는 지뢰로 인해 다리를 잃거나 목숨을 잃

유엔(UN) 유럽본부

은 희생자를 추모하는 인류애적 의미를 형상화한 것이다. 이 작품을 보면서 우리나라도 남북한을 경계로 세계에서 가장 강력한 군사 무기와 수십만 개의 지뢰가 묻혀 있는 휴전선이 생각나 마음이 그리 편치가 않았다. 과학이 발달될수록 사람을 더 잘 죽이는 무기들이 개발되고 생명을 경시하는 소수의 지도자들에 의해 다수의 선량한 시민들은 목숨을 위협

받는 두려움에 마음을 졸여야 하는 실정이다. 인간은 끊임없이 정복하거나 정복당하는 역사를 만들어 왔는데 그 대부분이 선량한 사람들의 목숨을 볼모로 한 것이었다. 어느 날 갑자기 신이 내린 불행의 선물을 받은 수많은 사람들은 자신의 의지와 상관없이 전쟁터로 내몰려 죽음이라는 고통의 불길 속으로 뛰어들었다.

밖에서 보는 UN 건물은 작아 보였지만 실제 크기는 베르사유 궁전 크기와 비슷하다고 한다. 평화롭고 아늑한 오후 분위기 속에 사진을 찍고 노니는 여행객의 모양새가 조금 미안스럽기는 했지만 '인류의 평화로운 삶'에 대한 묵상들을 할 수 있는 계기도 되었다. 제네바시는 도로 하나를 사이에 두고 스위스와 프랑스가 나누어져 있어 길을 건너면 바로 프랑스 땅이라 맘대로 국경을 넘나들 수 있다. 물가도 길 건너 프랑스 쪽이 어째 조금 더 저렴하다는 생각이 들기도 한다.

저녁엔 제네바의 야경을 보기 위해 레만 호수 주위를 산책하면서 고즈넉한 이국의 정취를 느낄 수 있어 좋았다. 제네바역에서 몽블랑 거리를 걸어 나와 레만 호수를 가로지르는 몽블랑(Mont-Blanc) 다리를 건너 영

국 공원 쪽으로 가서 호수 주변의 길거리 카페들 사이로 다니면서 색색깔 불빛으로 찬란한 야경을 감상할 수 있다. 여기서 이어지는 제네바의 가장 번화가인 론(Rhone) 거리를 거닐면 화려한 상점들과 오가는 많은 여행객들을 만날 수 있다. 여름은 섬머타임으로 해가 늦게 져 어느새 시간이 많이 늦어진 밤 10시가 넘어 우리는 호텔로 돌아와 하루의 여장을 풀었다.

제5장

넷째 날(9.5)
제네바(Geneva), 로잔(Lausanne), 에비앙(Evian) 여행

제네바의 새로운 날이 시작되었다. 몬타나 호텔의 아침 식당은 너무도 깔끔하고 정갈했다. 호텔 시설은 낡았지만 식당에서 투숙객을 맞이하는 종업원의 친절은 각별하였다. 몸에 배지 않

으면 어려울 정도로 인사 예절이 상냥하고 정겨웠다. 고마운 일이다. 살아가면서 사소한 이런 일에서도 기쁨을 주고받을 수 있는 것이 인간인지라 어떤 일에서든 사람을 대하는 자세가 얼마나 중요한지를 느낀다. 오늘의 일정은 아침 식사 후 제네바 구시가지로 가서 도시의 랜드마크인 생 피에르 대성당과 타벨 저택, 그리고 인근 지역을 둘러보고 로잔으로 가서 유람선을 타고 생수로 유명한 프랑스 마을, 에비앙에 다녀올 계획이다.

1

제네바 구(舊)시가지

　호텔을 나와 생피에르 대성당에 가기 위해 트램을 타고 바스티옹 공원 앞인 제네바 대학 입구에 내렸다. 여기서 왼쪽으로 나 있는 언덕길을 조금 오르면 멀리 녹색 첨탑의 성당이 보인다. 성당은 언덕 위에 위치했는데 인근 지역이 모두 오래된 건물의 구시가지이다. 건물들은 낡았고 우중충한 색채는 세월의 연륜을 실감케 하는 무거운 모습들이었다. 언덕을 오르면서 그 시대 이곳을 오르내렸던 사람들의 생긴 모습과 생각들, 생활상은 어떠했는지 궁금해지기도 했다. 결국 인간의 삶에 있어서 역사란 문서의 기록과 삶의 현장에 남겨진 손때 묻은 일부 유적들이 증거물인케

이를 제외하고는 물 흐르듯 시간이 지나면 모든 것이 사라져 버릴 수밖에 없는 사실이 안타까워졌다. 그 당시 사람들의 웃음소리를 듣기 위해 타임머신을 타고 과거로 돌아갈 수 있다면 하는 바람이 중세를 추억하는 현세의 사람으로서 꼭 어린애 같은 생각만은 아닐 것이다.

생피에르 대성당(Cathedrale de St.Pierre)

생피에르 성당은 12~13세기에 건축된 가톨릭 성당이었으나 16세기 종교개혁 후 지금은 프로테스탄트, 즉 개신교로 바뀐 교회가 되었다. 구시가지의 언덕 위에 우뚝 솟은 녹색 첨탑은 제네바의 랜드마크이기도 하고 스위스 종교개혁의 본산이기도 하다. 로마네스크 양식과 고딕 양식이 얽힌 제네바의 대표적인 건축물로 칼뱅에 의한 강력한 종교개혁이 일어나면서 가톨릭의 형식 문화를 배격하고 개혁과 복음적 신앙이 강조되었다. 그로 인해 교회의 모든 장식품들은 제거되고 색이 있는 부분은 흰색으로 칠해졌다고 한다.

생피에르 대성당의 정면

육중한 성당의 정문과 내부 본당의 모습

　　신고전주의 양식의 성당 정면(파사드)은 로마와 파리의 팡테온 사원의 정면과 유사하다. 18세기 중반에 만들어진 것으로 이전의 고딕 양식을 대체한 것이라고 한다.

성당 본당에 전시 중인 칼뱅(Jean Calvin)의 의자. 종교개혁 당시 칼뱅은 이 교회의 최고 지도자였다.

첨탑 중간의 다락방

첨탑으로 올라가는 중간에는 천장에 머리가 닿을 듯한 작은 다락방이 있었다. 아마 성직자들의 기도와 묵상 공간으로, 또 여러 용도로 사용되었을 것이다. 기둥의 연륜으로 보아 수백 년은 족히 되었을 것 같다. 기둥들은 말없이 긴 시간을 이 자리에 서서 당시 이곳을 오르내렸던 중세 사람들의 모습과 현재 우리의 모습도 모두 보고 있을 터, 무엇이 다르고 어떻게 바뀌었는지 그 변화된 내용들을 모두 꼭꼭 간직하고 있을 것이다. 그 세월과 역사들이 순간순간 무척 궁금해지기도 했다.

대성당의 오른쪽에는 칼뱅이 신학 강의를 했다고 전해지는 작은 예배당이 있고, 대성당의 입장은 무료지만 지하에는 유료 입장인 박물관이 있는데 관람하지는 못했다. 대신 대성당의 쌍둥이 첨탑에 오르기로 했는데 첨탑은 북쪽과 남쪽 첨탑으로 되어 있다. 첨탑 입장료는 5프랑이고 본당 안에 입구가 있다.

　제네바의 전경을 보려면 첨탑에 오를 수밖에 없다. 계단 수는 세어 보지 않았지만 모두 157개라고 하는데 첨탑을 빙글빙글 돌면서 올라간다. 문제는 계단 폭이 너무 좁아 몸집이 큰 사람은 거의 꽉 찰 정도이다. 다행히 오르는 계단과 내려오는 계단으로 구분되어 있어 서로 부딪힐 기회는 없지만 마주치면 피할 곳이 없다. 힘들게 오르고 나면 그 피곤함을 탁 트인 제네바의 아름다운 모습과 푸른 레만 호수가 시원하게 풀어 준다.

갈색 지붕의 구시가지와 현대식 건물이 조화롭게 짜여진 유럽의 도시들은 아름다움을 추구하는 우리의 도시계획에도 시사하고 참고해야 할 부분이 많을 것 같다. 인구가 작고 땅이 넓어서 그럴까. 대체적으로 나지막하게 다들 고만고만한 키 높이로 어울리듯 건물을 짓고 살아가는 모습이 좋아 보인다. 이곳 사람들이 우리처럼 하늘로 치솟은 빌딩과 아파트 밀집 지대를 보면 어떻게 생각하는지 모르지만 우리는 우리대로 이미 현실에 익숙해진 건축 문화에 적응할 수밖에 없다는 생각이 든다.

타벨 저택(Maison Tavel) 및 저택 정문

타벨 저택은 제네바의 가장 오래된 3층 건축물로 현재 박물관으로 이용되고 있다. 중세 스위스 부유층 저택의 대표작으로 그 당시 사용했던 유물을 주로 전시하고 있는데 1303년에 처음 건축되었으나 1334년 제네바 대화재로 소실되고 현재의 저택은 15세기 초반에 지어진 건물이다. 그전에도 같은 자리에 타벨 가문의 저택이 있었지만 1334년 제네바 시절반이 불타버린 큰 화재로 집이 소실되자 당시 제네바의 귀족이었던 타벨 가문에 의해 재건축되었다. 제네바에 남아 있는 주택 가운데 가장 오랜 역사를 자랑하는 곳이기도 하다.

타벨 저택의 주요 전시물은 중세 귀족들이 이 저택에 머물면서 남긴 유물들로 중세 가옥에서 사용한 창문과 기둥, 가구와 생활용품이 전시되고 있는데 특히 타벨 저택의 가장 유명한 관람 포인트는 1850년대 제네바의 옛 모습을 묘사한 거대한 3D 입체 모형이다. 타벨 저택은 제네바 대성당 바로 앞에 위치하고 있으며 관람은 무료이다.

1815년의 제네바 시 모형

1850년대의 3D 제네바 모형

　1850년대의 제네바 시 모형을 보면 지금보다 도시의 규모는 훨씬 작지만 그 당시의 뛰어난 건축술로 아름다우면서도 밀집된 도시의 모습을 잘 나타내고 있었다. 고대로부터 돌과 벽돌을 재료로 사용한 유럽의 건축술은 우리의 건축 방식과는 확연히 다른 모습으로 발전해 왔다. 만일 그 당시 우리가 유럽을 방문할 기회가 있었더라면 유럽의 발달된 건축술과 도시의 모습에 크게 놀랐을 것이다.

생피에르 대성당 바로 인근에 위치한 옛 무기고 자리. 대포가 전시되어 있고 벽면에 3점의 화려한 프레스코화가 있다.

　생피에르 대성당에서 언덕을 따라 내려오면 제네바의 가장 번화가인 론(Rhone) 거리가 나온다.

중세와 현대가 잘 어울린 도시. 중세의 역사를 간직하면서 비록 고층 빌딩의 웅장함은 없어도 건물마다 풍겨 나오는 예스럽고 문화 가득한 향기는 여행객들이 유럽 도시에 이끌리는 매력이기도 하다.

아쉽지만 제네바의 추억을 안고 이제 로잔으로 향한다.

제네바를 떠나 레만 호수를 바라보며 달린 지 불과 30여 분 만에 로잔에 도착했다. 스위스 연방 국철인 SBB(Schweizerische Bundesbahnen)

라고 적힌 2층 기차는 손님을 많이 태우지도 않았고 무척이나 빠르게 여행객들을 실어 날랐다.

　기차 출입문에 적힌 숫자 '2'는 2등석이란 뜻이다. 기차에는 1, 2등석이 있는데 1등석이 고급스럽고 안락하다. 식당도 있어 가격이 비싼 것은 당연하다. 2등석 승객이 모르고 1등석에 타면 추가 요금을 지불해야 한다. 자본주의가 만들어 낸 차이이다. 차별이라고는 할 수 없을 것이다. 하지만 우리는 여행하면서 한 번도 1등석을 타지는 않았다. 2등석으로도 불

편함이 전혀 없었기 때문인데 여행을 많이 다니고 싶은 처지라 안락하고 좀 호화로운 여행이란 말 자체가 어울리지 않기 때문이다. 2등석 스위스 패스만 있어도 스위스 내에서 다니는 모든 기차를 바로 탈 수 있고 또, 기차의 운행 횟수가 많아 여행 성수기에도 좌석은 늘 여유가 많았다. 굳이 좌석 예약을 하지 않아도 지금까지 불편을 느낀 적도 없다. 다만 장시간을 타야 하는 비행기는 1등석이 좋다고 해서 탐이 난 적은 있지만 나에겐 언감생심(焉敢生心) 엄두가 나지 않는 자리임을 잘 알고 있다. 우리는 나그네 여행객으로서 2등석 기차도 아주 만족스러운 교통수단이다.

스위스 기차의 자랑거리는 편리함이다. 거의 정확한 시각, 산속 오지 마을까지 촘촘히 연결된 철도망은 전 국토를 이어 주는 혈관 같다. 마치 국가에서 국민들에게 아예 대놓고 다른 지역으로 여행 시 기차로 다니라고 하는 것 같다. 스위스 면적은 남한 면적의 42% 정도지만 인구는 1/5 수준이다. 크기는 작아도 인구 밀도로 보면 우리보다 개인별 공간 활용이 훨씬 여유롭다. 그런데도 도시에서는 개인 차량을 이용하는 것보다는 트램이나 버스 같은 대중교통을 잘 이용하고 시외로는 철도를 이용하여 이동하는 경우가 많아 도시의 거리는 늘 여유롭고 한산하다. 잘살게 되면서 개인 차량이 증가했고 그로 인해 교통체증이 상시 일어나는 우리와는 상황이 많이 다른 것이다. 우리도 이런 대중교통의 장점을 살려 교통 인프라를 잘 갖춰 놓으면 나 홀로 차량이 많아 빚어지는 교통지옥에서 조금은 벗어날 수 있지 않을까 하는 생각이 들기도 한다.

로잔(Lausanne)은 IOC 본부가 있어 올림픽의 도시로 잘 알려진 국제도시이다. 뿐만 아니라 시내는 구시가지의 우아함과 신도시의 모던함이 잘 갖추어진 학문과 교육의 도시로도 불린다. 위치상으로 레만 호수의 중간에 자리 잡아 왼쪽 끝의 제네바와 오른쪽 끝의 몽트뢰에 이르는 중간 지역으로 레만 호수를 여행하면 한번은 들리게 되는 아름다운 도시이다. 특히 레만 호숫가인 우시(Ouchy) 지역은 낭만과 여유로 세계의 휴양객들에게 인기가 높고 부유층들의 노후 주거지로서도 유명하다고 한다.

로잔 중앙역과 중앙역 바로 건너편 지하철(Metro)역 입구

우리는 로잔 도착 후 중앙역 길 건너편에 위치한 맥도날드에서 햄버거로 간단히 점심을 해결했다. 매장에는 젊은이들이 얼마나 많은지 빈자리가 없어 문밖의 테이블에 겨우 자리를 잡았다. 햄버거 맛이 어떨까 궁금했

는데 전 세계적으로 공통의 맛인지 우리나라에서 먹는 것과 비슷하였다.
오늘 머물 호텔에 짐을 두기 위해 지하철을 탔다. 로잔의 호텔 예약 시 호텔이 역(station) 바로 옆에 위치하고 있어 편리하다 싶어 바로 예약을 했는데 그 역이 중앙역이 아닌 어느 지하철역이었기 때문이다. 지하철도 스위스패스로 바로 탈 수 있고 도시가 작아서 노선이 단순하고 걸리는 시간도 짧았다. 스위스에서 지하철이 운행되는 곳은 로잔시가 유일하다고 한다

전선이 어지럽게 얽힌 리폰(Riponne-Bejart) 지하철역 인근. 근처의 숙소인 크리스탈 호텔에 체크인한 후 에비앙(Evian)으로 가기 위해 다시 지하철역으로 왔다.

에비앙(Evian)에 가려면 지하철역의 종점인 우시(Ouchy)역에 내리면 된다. 작은 도시라 시간은 얼마 걸리지 않았고 우시 지역은 바로 레만 호수의 항구가 있는 곳이다

로잔의 지하철역에 부착되어 있는 홍보용 전광판을 휴대폰으로 찍은 사진. 바로 인근의 유명한 라보(Lavaux) 포도 재배 지역 가을의 모습이다. 푸른 호수와 어울려 단풍이 들고 있다. 우리는 내일 라보 지역으로 갈 예정이다.

　우시(Ouchy) 지역은 아름다운 호수를 배경 삼아 고급 호텔과 레스토랑이 많다. 이곳에 IOC 본부도 있고 올림픽 공원도 있다. 바로 건너편 프랑스 에비앙이나 다른 도시로 이동하는 유람선 선착장이기도 한데 마침 연두색 모자를 같이 쓴 유치원 꼬마들의 나들이가 있는 듯 CGN 매표소 앞에 선생님 손을 잡고 옹기종기 모여 있었다. CGN은 레만 호수를 운항하는 정기 여객선과 유람선(cruise)의 회사이다. 스위스패스로 모든 배를 무료로 탑승할 수 있다.

맑은 호수는 이곳의 자랑거리다. 물새들이 노니는 모습에서 여유와 한가로움을 본다.

　로잔은 1923년 제1차 세계대전 연합국과 터키공화국 사이에 영토 해결을 위해 체결된 로잔 조약(Treaty of Lausanne)으로 유명하다. 그리 크지 않은 중소도시지만 호숫가의 이점을 살려 과거와 현재가 공존하고 살기 좋은 이미지로 어필했다. 호숫가인 우시 지역은 경제적으로 팍팍한 내륙의 구시가지와는 다르게 유명 인사와 갑부들의 별장이 많고 경제적으로도 훨씬 풍족하여 찰리 채플린이나 샤넬 같은 이들이 정착했고 부자들이 크루즈선과 요트로 호숫가 삶의 재미를 톡톡히 즐길 수 있는 곳이라 한다.

에비앙으로 가는 여객선에서 본 로잔시의 모습

2

생수의 마을 에비앙(Evian)

　에비앙은 인구 약 6,000여 명에 지나지 않는 작은 마을이다. 아침이면 레만 호수를 마주 보고 있는 로잔으로 정기여객선을 타고 출퇴근을 할 정도로 스위스와 가까운 도시다. 원래 이름은 '에비앙 르 뱅(Evian les Bains)'이다.

호수 건너편 에비앙의 모습. 로잔에서 약 30분 소요된다.

이곳이 유명해진 이유는 바로 생수 때문이다. 일반적으로 유럽 지역의 물은 석회질이 함유돼 있는데 이곳 에비앙에서는 알프스 산자락 아래에서 우리의 약수와 같은 깨끗한 물이 흘러나온다. 이것은 알프스 산에 내린 눈과 비가 산맥 속의 자연 필터층을 통과해 걸러져 나오기 때문이다.

에비앙 생수의 근원은 생수의 발원지인 이곳의 까샤(Cachat)라는 샘에서 유래한다.

유명한 에비앙
(evian) 생수

　1790년 신장 결석으로 고생하던 프랑스의 귀족 레쎄르 후작은 요양을 위해 에비앙에 사는 그의 친구 까샤(Cachat)를 방문했다. 그리고 까샤의 소유인 샘물을 매일 마셨는데 몇 개월이 지나자 자신의 신장결석이 치료됐다고 한다. 이 거짓말 같은 이야기가 사람들의 입소문을 타고 유명해지기 시작했고 이 마을의 샘물에 많은 사람들이 몰려들면서 조용하고 작은 마을에는 이들이 숙박할 호텔들이 들어서게 되었고 에비앙은 황금기를 맞게 되었다.

　많은 사람들이 몰려드는 것을 본 샘물의 주인인 까샤는 물을 이용한 수(水) 치료 센터를 세우기로 했고 1826년, 샘터에 수 치료 센터가 세워지자 프랑스와 유럽의 부자들이 몰려들었는데 에비앙 생수는 소화불량과 신장질환 등에 효과가 있었다고 한다. 이런 내력으로 인해 지금의 유명한 관광지가 된 것이다.

　마을에는 에비앙 생수 기념관이 있고 생수를 처음 발견했던 까샤 샘이 지금도 있는데 이곳에서는 비싼 생수를 무료로 길어 갈 수 있도록 해 놓았다.

　에비앙은 세계 최초로 물을 상품화한 기업이자 고급 생수 시장에서 1

등을 고수해 오고 있는 브랜드다. 에비앙의 성공은 물을 약(藥)의 개념으로 상품화시켰기에 가능한 일이었다. 인체에 유익한 미네랄 성분을 다량 함유하고 있는 생수는 '카샤의 물(Source Cachat)'이라는 이름으로 1878년에 프랑스 정부로부터 공식 판매 허가를 받아 상품화된 최초의 물이기도 하다. 일반적으로 생수 용기는 물의 신선도를 강조하기 위해 파랑 계통의 차가운 색을 쓰는 반면 에비앙은 분홍색을 사용했는데 그 이유는 생수의 주 소비자가 여성이기 때문이라고 한다. 상품의 본질보다는 목표 고객이 선호하는 색으로 성수 용기를 디자인함으로써 차별화된 이미지를 느끼게 했다. 우리나라에서는 롯데칠성에서 수입 판매하는데 가격이 너무 비싼 것이 부담이다.

　에비앙은 휴양도시답게 여유와 낭만의 분위기가 완연하였다. 마을을 감싸고 있는 고요함은 평화롭고 고즈넉하여 시간도 느리게 흐르는 것 같다. 집들도 웅장한 것들부터 작고 아기자기한 것들에 이르기까지 모두가 서로 어울려 넉넉한 여유와 휴식의 분위기를 풍긴다. 세계적 휴양지라고 소문난 여행지를 평범한 나그네의 몸으로 여행을 하다 보면 노후를 넉넉하게 보내는 사람들이 솔직히 부러워지지 않을 수 없다. 아! 그래서 젊은 시절에 땀 흘려 고생해야 노후가 편하다는 말을 어른들은 귀가 따갑도록 하는가 보다 하는 생각이 들었다. 그러나 노후의 '쉼'도 중요하지만 모든

사람에게는 나이에 상관없이 순간순간의 '쉼'도 필요할 것이라는 생각기
든다. 물론 쉼의 공간이 여기처럼 꼭 멋지고 화려해야 할 필요는 없겠지
만 경제적 여유도 있고 이런 곳이 마음에 와닿으면 스쳐 지나든지 아니견
마음먹고 찾아오든지 해서 잠시 머무를 수는 있을 것이다. 요사이 현대
인들이 꼭 섭취해야 하는 필수 영양소처럼 각인되어 버린 '힐링(healing)'
이라는 말도 내일을 더 잘 살아가기 위해서 '쉼'을 통한 재충전의 필요를
말하는 것이다. 물론 사람에 따라 '일을 마치고 잠깐 쉬는 쉼'과 '노후의
지속적인 쉼'은 구별이 되겠지만 어떤 이유를 차치하고서라도 '일'과 '쉼'
의 적절한 균형은 삶의 품질을 결정짓는 중요한 요소다. 자신의 형편과
처지를 잘 살펴 어디에 무게중심을 두어야 할지 지혜롭게 결정하는 것은
스스로의 판단 몫이 될 수밖에 없을 것이다.

화려한 카지노 정문 앞에서 좌회전하면 관광 코스 중의 하나인 생수 회사 에비앙의 옛 본사가 있다.

부동산 매물을 안내하는 광고. 휴양지라 그런지 가격이 만만치 않다.

마침 이곳에는 며칠 흐 개최되는 2017 에비앙 챔피언십(The Evian Championship)을 알리는 홍보 안내판이 붙어 있었다. 이곳 에비앙 리조트 골프 클럽에서 개최된다. 이 대회는 매년 9월에 개최되는 여자 메이저 골프대회로 지난 몇 년간 자랑스럽게도 우리나라 선수가 우승한 대회이다. 사진은 2016년도 우승한 전인지 선수이고 2015년도에는 우리나라 출신의 뉴질랜드 선수인 리디아 고(한국명 고보경), 2014년도에는 김효주 선수가 우승했다고 하니 대한민국 여자 선수의 골프 실력은 충분히 알아줄 만하다.

에비앙 둘러보기를 마치고 다시 로잔의 우시 항구로 돌아와서 호숫가를 산책하면서 찾은 우시성(城, Chateau d'Ouchy)

　12세기에 건축된 우시성은 그 당시 유적들을 그대로 보존하면서 지금은 고급 호텔로 운영 중이라고 한다. 우뚝 솟은 탑은 감옥탑으로 1177년에 건축된 원형이라고 한다.

　아쉽지만 로잔의 명소인 올림픽 박물관은 가보지 못하고 노트르담 성당으로 가기 위해 지하철을 타고 리폰(Riponne) 역에 하차했다.

3

로잔의 랜드마크 노트르담 대성당

로잔의 고풍스러운 구시가지의 언덕 위에 담쟁이덩굴을 길게 늘어뜨리고 서 있는 성당은 견고한 담벽에 둘러싸여 위풍당당한 기세를 뽐내고 있다. 본래 성당은 1170년~1235년에 걸쳐 스위스에서 가장 훌륭한 고딕 양식으로 완공된 가톨릭 성당이었으나 1530년대 종교거혁을 거치면서 프로테스탄스(신교) 교회로 바뀌었다.

노트르담 대성당(Cathedrale de Notre Dame)으로 가는 길. 약 800년간의 세월을 버티며 지나온 육중한 축대에 작은 표지판을 붙여 놓았다. 세월이 아니면 결코 만들어 낼 수 없는 역사의 작품들이다.

밝은 햇살에 더 빛나는 성당 전면의 흰 대리석. 화려한 문
양과 조각상에 경탄스럽다.

　성당의 정문에는 백색 대리석에 조각된 성서 속의 인물 조각들이 너무 정교하고 화려하다. 이 작품들은 오랜 시간과 뜨거운 신앙심 없이는 만들기 어려운 것들이다. 긴 세월이 지났으니 중간중간에 걸쳐 보수한 부분도 많겠지만 성당 옆 기둥들과 벽체는 원형 그대로인 것 같다. 약 800년의 세월 동안 비바람의 상처를 그대로 간직한 채 중후한 모습으로 여전히 듬직하게 버티고 서 있다.

성당의 내부는 여느 성당처럼 비슷하였는데 특이한 것은 성당 본당의
오른쪽 벽에 석관(石棺)들이 놓여 있었다. 아마도 오래전의 성당 지도자
나 성인(聖人)의 주검을 모신 모양이다. 방문객들이 석관을 만져 보고 지

나가는 바람에 닳은 정도를 보면 수백 년은 족히 된 것 같다. 성당에는 일반적으로 장례 후 관을 보관하는 지하 묘지가 있다고 하는데 아마 이들의 관은 특별하기에 본당에 그대로 모셔 놓고 있는 것 같다.

첨탑 아래의 종각(鐘閣), 종을 매달고 있는 나무 기둥의 연륜이 만만치 않아 보인다.

성당의 첨탑으로 올라가기 위해 입장료를 내고 232개의 좁은 계단을 걸어 올라가면 로잔시의 전경과 함께 아름다운 레만 호수를 볼 수 있다. 첨탑의 중간에 큰 종을 걸어 놓은 종각이 있다. 특히 로잔에서 유명한 명물 중의 하나가 '게(Guet)의 전통', 즉 '불침번의 전통'이라는 것이 있다. 게(Guet)는 불침번이란 뜻이다. 이는 1405년 이래로 지금까지 지속되어 온 어마어마한 전통이다. 이 전통은 성당의 첨탑 위에서 밤 10시부터 새벽 2시까지 매일 밤 다섯 차례 매 시각 정시에 종을 치고 종친 이후에 불침번이 사방을 향해 육성으로 "여기 불침번이 있다. 10시다! 10시다!"를 외치는 것이다. 다른 도시에도 똑같은 전통이 있었으나 모두 사라졌고 이곳은 아직까지 지속되고 있는 것이다. 이를 위하여 첨탑에는 불침번이 거주하는 작은 방이 마련되어 있다. 연유는 이렇다. 옛날 목조 건물이 많았던 시대에 화재는 도시를 파손시키는 주범이었다. 영국의 런던이나 제네바도 화재로 인해 도시의 많은 부분이 소실되었다. 각 도시마다 이를 예방하고 또, 밤 시각을 알려 주기 위하여 밤새껏 사명감 있는 불침번이 종을 치면서 시내를 감시하고 잠을 설치는 수고를 해 오고 있었던 것이다.

　성당을 내려오면 동상이 우뚝 선 작은 공원이 있다. 공원 이름도 누구의 동상인지도 확인은 못 했지만 대학생들로 보이는 젊은이들이 많이 고여 이야기를 나누고 청춘을 즐기는 모습이 보기 좋다. 로잔이 학문의 도시라서 그런지 시내에도 젊은이들이 많아 활기찬 모습이다. 젊은이들을 보면서 이들도 우리처럼 실업과 미래에 대한 고민은 행여 없는지 궁금해지기도 했다. 다들 말하기를 지금의 대한민국이 단군 이래로 가장 잘사는 시대라고 하는데, 물론 사실로 인정하지만 청년들은 취업하기가 어려우니 안타까울 수밖에 없는 실정이다. 그 원인을 어른들이나 국가가 잘 파악해서 적극 해결해 나가야 하리라 본다. 공동체가 같이 살려면 어느 정도 나눔과 양보가 필요하다는 말은 초등학교 시절에 모두 배웠지만 막상 작금의 우리는 너무 개인의 이익을 우선시하고, 경쟁 속에서 살고 있지는 않은지 '부유함' 속에 '아픔'이 많은 이 시대를 잘 성찰해 볼 필요가 있다는 생각이 든다. 기업은 이익이 나면 이익이 나는 대로, 크든 작든 구성원들과 이익을 나누고 손실이 나면 손실이 나는 대로 고통을 분담해야 할 것이다. 기업의 존재 목적 중에 중요한 것 하나가 구성원들의 생존 터전임을 자각하는 것이 되어야 하리라 생각된다. 이윤 추구만을 첫 목적에 두는 순간 이윤 추구는 곧바로 고상한 포장지에 둘러싸인 탐욕으로 변해 버릴 것이다. 우리 사회가 경쟁만능주의를 가장 효율적이라고 믿고 받드는 이상 결과는 살아남는 일등과 소수의 최고 부자들만 양산될 뿐이다. 국가는 날로 심각해지는 빈부 격차는 어떻게 해결할 것이며 이로 인하여 생겨날 사회적 부작용은 어떻게 치료하고 예방할 것인지 고민해야 한다. 가장 바람직한 것은 어른 세대가 후세대들에게 철학적 삶의 모범을 보이는 것이며 또, 인류 역사가 남겨준 교훈과 순리를 가르치는 것이다. 젊은이들은 젊은이대로 늘 성실하게 비록 작더라도 한 걸음씩 나아가야지 엉뚱하게도 일확천금을 꿈꾸거나 로또 같은 행운에 기웃거려서는 안 되며 자신이 흘린 땀으로 의식주를 해결해 나가려는 생존적 열정을

우시 지역 호숫가 레스토랑에서의 저녁. 주 메뉴는 레만 호수에서 잡은 작은 물고기 튀김과 삶은 감자였다. 간단한 ㅅ 사인데도 요금은 무려 54.1프랑이나 되었다.

가져야 한다. 여기에 창의적 아이디어와 꿈을 보태 한 사람의 능력으로 다수의 사람을 먹여 살리는 슈퍼 인재도 키워야 한다. 미래의 버팀목이 될 우리 청년들이 사회의 첫 출발선상에서 혹독한 정글의 법칙에 빠져들어 좌절을 겪지 않도록 어른들이 도와야 할 것으로 생각된다.

골목길은 촘촘히 붙은 건물과 상가들이 현란하지 않은 단아한 모습으로 거리를 장식하고 있다. 외벽의 색채와 창문의 조각들이 고급스럽게 어우러져 이국의 느낌을 자아내기에 충분하다. 스위스는 잘사는 나라에 속하지만 그 부유함을 드러내지 않고 생활에 필요한 것, 그 이상, 이하도 취하지 않는 소박한 삶이 곳곳에 묻어나고 있는 것 같다. 번지르르하게 보이기 위해 형식에 치우치지 않고 상식과 순리에 따라 있는 그대로를 잘 가꾸고 수용해서 살아가는 의식이 강하다. 옛것은 옛것대로 새것은 새것 대로 받아들이는 합리적 성향도 도시 골목길의 모습에서 엿볼 수 있다.

제6장

다섯째 날 (9.6)
라보 (Lavaux)
포도 재배 지역 여행

　　로잔의 숙소 크리스탈 호텔은 도시 북쪽의 고풍스러운 구시가지에 자리를 잡고 있다. 나는 로잔이 올림픽의 도시라는 명성에 걸맞게 아름답고 스포티한 이미지를 상상하고 있었는데 실제 와 보니 그런 느낌은 별로 들지 않았다. 여느 도시와 마찬가지로 긴 세월이 만들어 낸 희로애락의 역사적 흔적들을 가득 품고 있었다. 호텔 식당은 특이하게도 꼭대기인 5층에 있었다. 외부의 넓은 테라스에 식탁을 놓아 식사하면서 로잔의 고풍스럽고 우아한 구시가지를 조망할 수 있도록 해 놓았다. 하늘엔 구름이 많았지만 비가 올 것 같지는 않았다.

어제 다녀온 높은 첨탑의 노트르담 대성당이 멀리 보인다. 로잔의 랜드마크이다. 스위스는 중세에 일어난 종교개혁의 중심 국가이고 인근의 제네바, 취리히와 함께 르잔도 그 중심에 있었던 도시이다. 구시가지라 그런지 도로는 좁고 집은 낡았지만 사람 사는 냄새가 나는 것 같기도 하다. 많은 사람들은 아니지만 하루를 시작하는 발걸음들로 분주히 오가는 모습은 우리의 일상과 같다. 좁은 골목길로 분주히 짐을 나르는 트럭의 모습이 보인다. 생계를 위해 일을 해야 하는 것은 동서고금을 막론하고 이 땅의 인생에게 지어진 태생적 짐이 아닐 수 없다. 땀 흘리며 살아가는 일상들을 불행으로 생각하는 사람에겐 불행이 될 것이고 축복으로 생각하는 사람들에겐 축복의 인생이 될 것이라는 생각이 든다.

오늘 일정은 금번 여행의 두 번째 테마인 레만 호숫가의 넓은 산언덕에 만들어진 유명한 라보(Lavoux) 포도 재배 지역을 둘러보는 것이다. 단순한 포도 재배 단지가 세계문화유산이 될 만큼 유명세를 탄 이유가 무엇일까 하는 의문이 든다. 여유를 부리며 달콤한 아침을 챙겨 먹고 짐을 챙긴 캐리어를 호텔에 맡긴 후 인근의 리폰(Riponne-Bejert) 지하철역 광장으로 나오니 밤사이에 보이지 않던 여러 개의 텐트가 쳐져 있고 사람들이 모여 있었다. 무슨 행사가 있는 모양이다 생각했는데 알고 보니 오늘은 수요일. 이곳에서 매주 수, 토요일에 열리는 노천시장이 열리고 있는 것이다.

이 광장의 이름은 리폰(Riponne) 광장이고 주위를 둘러싼 덩치 큰 건물의 이름은 뤼민(Rumine) 궁전이다. 이 궁전 건물은 본래 로잔대학교의 건물이었으나 현재는 주립미술관과 로잔대학 도서관으로 사용되고 있다고 한다. 스위스에도 도시의 넓은 광장에서는 이런 노천시장이 자주 열린다고 한다. 일종의 직거래 장터로 상품이 그리 다양하거나 화려하지는 않고 주로 생필품, 농축산물 등이고 몇몇 버리기에는 아까운 세월 지난 골동품 같은 것들도 보였다. 물건을 파는 상인들의 인상과 상품들을 보니 그렇게 활기찬 시장의 모습은 아닌 것 같다. 힘들게 농사지어서 장날에 시장에 팔러 나온 우리의 모습과 별반 다를 바가 없다.

　화려한 빛깔의 다양한 과일이 기분을 풍성하게 해 준다. 그런데 이곳의 사과는 작고 껍질째 먹는데 맛이 별로 없다. 맛이 없기는 많은 과일들이 대개 비슷하다. 왜 그럴까? 재배하면서 우리처럼 거름도 안 하고 농약도 안 치고 비료도 안 해서 그럴까? 겉보기는 우리 과일에 비해 상품성이 많이 떨어진다. 배는 더욱 그렇다. 길쭉하게 생긴 것이 맛도 시고 우리의 배와는 전혀 딴판이다. 오래전에 만났던 영국인 앤디(Andi) 선생이 우리나라 배와 수박 맛을 보고 그렇게 감탄하던 이유를 알 수 있다. 재배 방식과 인식이 달라서 그렇겠지만 어떻든 과일의 맛과 겉보기만 비교하면 우리나라 과일이 세계 제일일 것이다.

유치원에서 시장에 체험학습을 나온 모양이다.

　　노천시장을 구경하면서 간혹 사고 싶은 물건이 있어도 거의 사지를 못
한다. 물건을 가지고 다니기 불편하기 때문이다. 배낭여행의 아쉬움이기
도 하다. 차후 기회가 되어 차를 빌려 다니는 여행이라면 가능할 것이다.
시장 구경 후 지하철을 두 구간 타면 로잔 중앙역이다. 로잔은 도시가 작아 다니기도 편하고 지하철역도 단순하여 큰 불편이 없었다. 이런 중소 도시에 국제올림픽위원회(IOC) 본부가 있다는 것이 신기하다. 대도시만을 선호하는 우리의 생각과는 다르다는 것을 느낀다.

라보 포도 재배 지역은 면적의 대부분이 로잔에서 레만 호수의 동쪽 끝인 몽트뢰 사이에 위치한다. 이곳에서 몽트뢰까지는 기차로 약 30분 거리인데 그 거리의 대부분이 원대한 포도밭으로 구성되어 있다. 이곳 여행은 그 넓은 포도밭 풍광을 보며 밭길 사이를 직접 걷는 것이다. 기차를 타고 가면서 스쳐보는 것과는 확연히 다르다. 왼쪽의 산언덕은 잘 가꾸어진 초록빛 포도밭, 오른쪽은 맑고 푸른 레만 호수, 머릿속에 어우러지는 그림이 그렇게 그려지는 곳이다.

라보 포도 재배 지역의 황금빛 가을. 출처: 스위스 관광청(www.myswitzerland.com)

라보 포도 단지의 여행은 당연 하이킹이다. 높은 언덕에 올라 끝없이 펼쳐진 포도밭과 레만 호수, 그 사이사이로 자리 잡은 스위스풍 아름다운 집들의 어울림을 감상하는 것은 큰 즐거움인 동시에 감동이 된다. 문제는 이 넓은 지역에서 어디를 하이킹 코스로 잡아야 할 것인지 하는 문제다. 물론 길 따라 발걸음이 가는 대로 다녀도 그 운치를 느낄 수는 있을 것이다. 나의 경험에 의하면 재작년 여름에 라보 포도 단지를 여행하기 위해 이곳에 온 적이 있다. 여행 자료를 찾아보니 로잔 인근의 생사포랭 (St-Saphorin) 마을에서의 하이킹이 유명하다길래 제네바에서 기차로 생사포랭에 내렸다. 처음 보는 푸른 포도밭이 끝없이 펼쳐진 모습에 감탄을 하고 하이킹을 위해 포도밭 언덕 위로 올라갔는데 구름 한 점 없는 맑은 여름 날씨에 그날따라 유난히 내리쬐는 8월의 뙤약볕으로 도저히 하이킹이 가능한 날씨가 아니었다. 아쉬웠지만 사진만 몇 장 찍고 더위에 지쳐서 되돌아 나왔다.

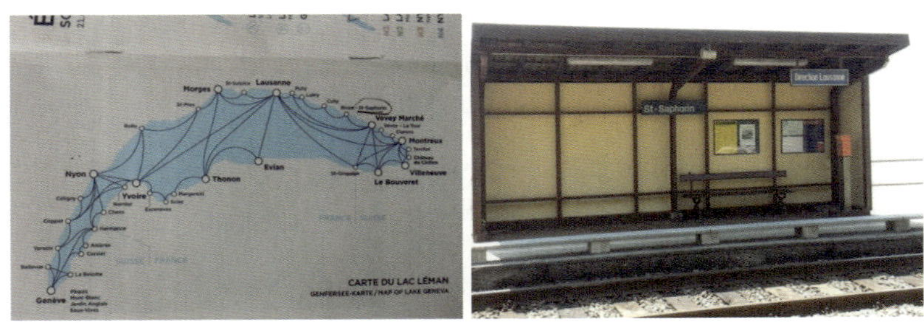

레만 호수 주변의 마을 분포. 생사포랭(St-Saphorin)은 무인 간이역이다.

하이킹은 완행 기차를 타고 가면서 호숫가 아무 마을에나 내려서 마을도 둘러보고 포도밭 길을 따라가면 된다. 이때 스위스패스는 기차 이용에 매우 유용하다.

라보 여행에서 여행객에게 가장 많이 알려진 코스는 다음 코스이다.

▷ 생사포랭(St-Saphorin) - 리바(Rivaz) - 에페쓰(Epesses) - 뤼트리
   (Lutry) 구간
▷ 총 길이 11.7km, 소요 시간 약 3시간

이 코스는 중세의 전통을 곁들인 코스로, 생사포랭에서는 옛 정취를 맡으며 포도원을 구경할 수 있고 뤼트리까지 이어지는 포도밭 길에는 지역의 전통 와인을 맛볼 수 있는 시음장이 곳곳에 마련되어 있다. 스위스의 포도주가 프랑스나 이태리처럼 이름이 많이 나 있는 편은 아니지만 나름대로 스위스 와인의 자부심을 가지고 이곳에서 생산된다.

문제는 여행 성수기인 한여름에는 하이킹이 힘들어서 포기하는 경우가 많은데 먼 나라까지 와서 기대했던 여행지도 구경하지 못하고 떠나가려면 마음이 얼마나 서운할까? 그래서 하이킹이 어려운 경우에는 포도단지를 누비는 꼬마 관광열차인 '라보 익스프레스(Lavoux Express)'를 타면 좋다. 장난감 같은 꼬마 기차가 넓은 이 지역을 천천히 달리며 포도밭을 둘러보기에는 제격이기 때문이다. 기차는 예상외로 운행 횟수가 적음으로 현장에 미리 와서 표를 빨리 사는 것이 좋다.

우리는 스위스패스로 건저 로잔에서 브베(Vevey)까지 가면서 포도밭을 전체적으로 구경하고 브베에서 다시 뤼트리(Lutry)로 돌아와서 뤼트리에서 출발하는 라보 익스프레스를 타기로 했다. 로잔에서 브베까지는

약 14분이 소요되는데 이렇게 해도 추가 시간은 한 시간 이내다.

로잔에서 기차를 탈 떠는 반드시 작은 마을에도 정차하는 완행기차를 타야 한다. 기차는 로잔에서 출발하여 풀리(Pully) - 뤼트리(Lutry) - 쿨리(Cully) - 생사포랭(St. Saporin) - 브베(Vevey) 순으로 정차한다. 브베는 영국의 찰리 채플린이 사랑한 도시이며 세계적 식품기업으로 유명한 너슬레(Nestle) 본사가 있는 도시이기도 하다.

로잔으로 돌아오면서 지나는 쿨리. 이곳에서도 라보 익스프레스가 출발하는데 라보 익스프레스는 쿨리와 뤼트리 두 마을에서 매일 운행하는 것이 아니라 요일별로 나누어 각각 운행하므로 마을별 운행 요일을 사전에 알아야 한다.

오늘은 수요일이니 라보 익스프레스는 뤼트리에서 운행한다. 역에 나

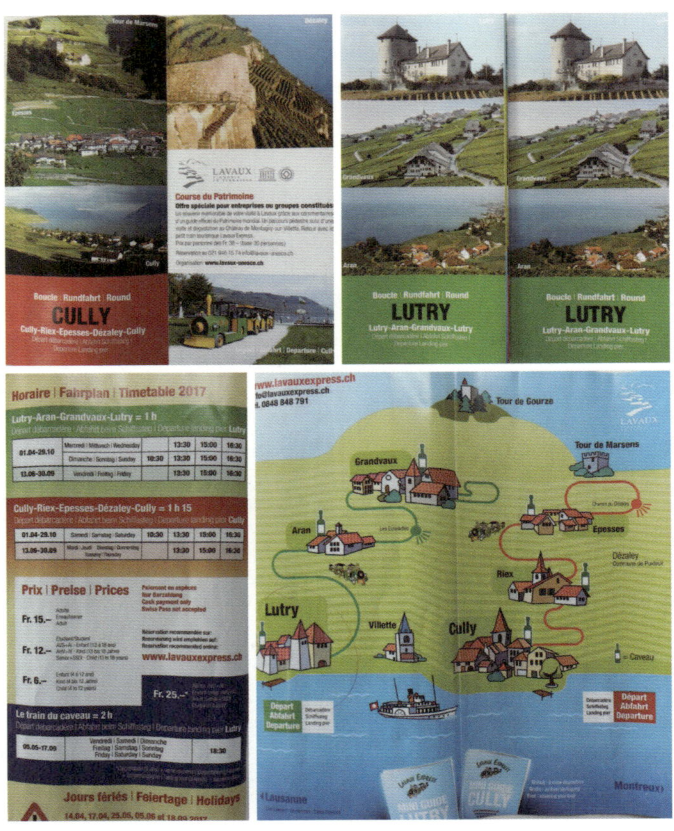

리니 고요하고 한적하다. 전형적인 시골 마을 냄새가 난다. 길을 찾기 위해 호텔에서 받은 라보 익스프레스 리플렛을 보여 주니 선착장으로 가라고 한다. 걸어서 길을 건너고 굴다리를 지나 무조건 호수 쪽으로 5분쯤 걸어 내려가니 시원한 나무 그늘이 무성한 선착장과 매점이 나온다. 매점이 꼬마 기차의 매표소이다. 뤼트리에서는 수, 금, 일요일 오후 시간대에 운행하는데 1시간이 소요되고 요금은 성인 15프랑이다. 쿨리에서는 화, 토요일에 운행한다.

길 중간에 선착장으로 안내하는 표지판이 있고 목을 축일 수 있도록 흐르는 물도 있다.

석양 아래 아름답게 물든 라보의 만추(晩秋). 뤼트리 마을 주차장에 서 있는 홍보판의 사진이다.

차량을 이용하는 여행객을 위한 마을 주차장

선착장의 매표소. 여기서 유람선과 꼬마 기차의 매표를 함께 한다. 매점 옆에 라보 익스프레스 역(Gare)이라고 적힌 안내판이 세워져 있다.

    길에는 장난감 같은 작은 꼬마 기차가 대기 되어 있었다. 크기가 작다 30여 명 정도 탑승할 것 같다. 오늘 첫 기차의 출발시간은 13시 30분이다. 티켓을 팔지 않느냐고 매점에 물었더니 12시 30분부터 판매한다고 해서 호숫가를 빈둥거리며 둘러보다가 갓 구운 와플과 따끈한 초콜릿 우유 한 잔으로 점심을 간편히 해결했다.

시간이 되니 여행객들이 모이기 시작했다. 아쉽게도 우리나라 여행객은 아무도 없었다. 호수의 제네바 쪽은 맑았고 몽트뢰 쪽은 구름이 가득하다. 연세 많고 인상 좋으신 할아버지가 꼬마 기차의 기관사였는데 우리를 보며 우리말로 '안녕하세요?' 한마디 하셨다. 즐거움의 기대가 시작되는 순간이다.

기차는 선착장에서 좁은 골목길을 이리저리 돌아 나와 큰 도로를 건너고 또, 기찻길을 건너 거대한 포도밭 산언덕으로 오른다. 산언덕에는 시멘트로, 아스팔트로 포장된 작은 농로들이 수없이 연결되어 있고 크고 작게 쌓아 올려진 오래된 담벽들은 경사진 포도밭을 잘 지탱해 주고 있다.

덕분에 포도밭은 경사가 진 채
로 더 넓은 물결을 이루고 있었
다. 아직도 여전히 포도가 자라
는 여름의 끝자락이라 싱싱함이
가득하다. 듣기로는 라보 포도
밭이 가장 아름다운 시기는 포

출처: 스위스 관광청(www.myswitzerland.com)

도나무에 단풍이 들고 프도를 수확하는 9월 말경이고 이때 이곳의 마을
에는 다양한 포도 축제가 열린다고 한다.

로잔의 지하철역 광고판에 나와 있는 라보 포도 재배 지역의 모습. 우리도 청명한 날이겄
으면 한여름에도 눈으로 덮인 알프스 산맥의 우아한 자태를 볼 수 있었을 것이다.

　　스위스의 서부지역 여행은 레만(Lehmann) 호숫가에 분포한 크고 작은 마을들의 여행이다. 반달 모양의 레만 호수 왼쪽 끝 제네바에서 오른쪽 끝 몽트뢰에 이르기까지 또는 반대로 몽트뢰에서 제네바까지 빠른 기차로 달리면 1시간 정도 거리이다. 그 중심에 유명한 라보 포도 재배 지역이 있는 것이다.

우리가 라보 포도 재배 지역이라고 부르는 이곳, 영어로는 'Wine-grow-ing Area of Lavaux' 또는 'Lavaux Vineyard Terraces'라고 쓰는데, 일단 이곳은 거대한 포도원이 있는 지역이다. 레만 호수의 중간에 위치한 올림픽의 도시인 로잔(Lausanne)과 동쪽 끝의 휴양도시 몽트뢰(Montreux) 사이에 위치하며 총 면적 약 830ha, 길이로는 30km에 이른다. 이 지역은 자연과 인간이 공동으로 만든 아름다움으로 '문화적인 풍경'이라는 타이틀로 불리고 세계적인 명성을 얻게 되었는데 인류의 가치 있는 유산으로 2007년에 유네스코 세계문화유산으로 선정되었다. 별칭은 '세 개의 태양'이 자리한 지역이라 하기도 하는데 이는 하늘의 태양, 호수가 거금은 태양, 그리고 경작지를 따라 형성된 담벽에 머금은 태양빛을 의미한다.

언덕 경사면에 계단 모양으로 형성된 테라스식 포도밭과 주변 마을의 경관이 아름답게 어우러진 이곳은 11세기경 수도원에서 포도밭을 일구면서 포도를 재배하기 시작했다고 전해진다. 그러나 그보다 더 1,000년 전인 고대 로마인들이 와인을 만들기 위해 포도를 재배했던 지역으로도 알려져 있다. 호숫가 언덕 위로 층층이 만들어진 포도밭은 마치 우리나라의 다랑이 논과 흡사하나 높이나 규모 면에서는 비교가 안 된다. 이곳 여행은 호숫가 언덕에 조성된 포도밭 담장을 따라 걸으며 아름다운 풍경을 즐겨도 좋고, 중간중간 쉼터에 앉아 멀리 알프스 봉우리를 보며, 때론 가을날 노랗게 변한 포도 잎을 보며 낭만적인 정취를 즐겨도 좋을 것이다.

이 지역의 포도밭은 토양이 석회질이고 기온이 온화하여 주로 백포도주의 재료가 되는 샤슬라 품종을 재배하기에 적합하다고 한다. 계단

식 포도밭이 돌담으로 둘러싸여 있는 풍경도 이 지역의 특징이다. 돌담은 경사진 땅의 기반을 지지하여 포도밭의 토대를 유지하는 기능을 한다. 또한 낮에 열기를 저장했다가 밤에 방출하여 따뜻한 온도를 유지한다. 현재 빌레트(Villette), 쿨리(Cully), 뤼트리(Lutry), 리에(Riex), 리봐(Rivaz), 세브르(Chexbres), 생사포랭(St. Saphorin) 등의 마을에서 8종의 포도주를 생산하고 있는데 이 지역의 포도주는 풍부한 과일 향과 섬세한 맛이 특징이며 국가에서 법을 제정하여 이 지역의 개발을 관리하고 있다고 한다. 이곳은 인간과 자연환경이 수 세기에 걸쳐 서로 어울려 만들어 낸 상호작용의 뛰어난 예라고 할 수 있다.

관람 코스 중간에 있는 와인 시음장. 포도주 한 잔 가격이 6프랑이다.

포도나무는 관리하기 쉽도록 키가 작고 크기가 일정하였다. 한여름의 열기에 알알이 잘 익은 포도가 청색, 검은색으로 빼곡히 달려 있었다. 열매가 안기는 풍성함으로 마음마저도 풍성해지는 느낌이다. 이곳은 우리의 포도 재배 방식과는 약간 달리 포도송이가 모두 땅 가까이 아래로 고아져 처져 있다. 수확하기 쉽도록 재배하는 모양인데 노동력이 만만찮게

들 것 같았다. 포도송이마다 일일이 봉지를 싸지 않는 것도 우리의 재배 방식과는 다르다. 뜨거운 햇살을 온몸으로 다 받고 성장하고 있다.

　라보 지역의 포도 재배는 밭을 소유한 개인들의 단순한 포도 농사이기는 하지만 재배 지역 모두가 관광 상품으로 이미 잘 알려져 있다. 그 내면 속에는 지속적으로 포도밭을 가꾸고 보살펴 온 재배 농가의 노동과 땀이 있을 것이다. 하지만 이것만으로는 설명하기 어려운 것이 과연 농가 거 개인이 아무런 인식 없이 제각각의 방식으로 포도를 재배하는데 이 넓은 지역이 통일된 아름다움을 유지할 수 있을까 하는 것이다. 결코 그렇지 않을 것이다. 나의 재배 방식만 고집하지 않고 전체의 이익과 목적을 먼저 생각하는 공동체 의식, 이런 의식이 이 사람들에게 뿌리 깊게 내려져 있는 것 같다. 자유분방하면서도 무섭도록 공동체를 먼저 생각하는 국민 의식, 단체의식 같은 것이다.

　우리 같으면 어땠을까?

　어떤 주인은 수확량과 생산성을 높이기 위해 재배 방식을 당장 기계화 하고 첨단 영농법을 도입했을 것이다. 이를 위해 언덕 곳곳에 볼썽사나운 가건물 창고를 만들고 비료를 쌓아 둘 천막도 치고 남들이 보기 좋든 싫든 듬성듬성 쇠 울타리를 쳐서 자기 소유의 경계를 분명히 하고 이렇게 해서 결국 값지고 좋은 포도를 생산해 낼 것이다. 그러나 여기까지 뿐, 제 각각의 재배 방식이 동원되는 한 이곳 라보 지역처럼 통일된 포도밭이 사 람을 찾아오게 만드는 아름다운 관광지는 되지 못할 것이다.

유럽을 여행하면서 우리와 서구인의 인식이 확연하게 차이 나게 하는 것 하나가 도시 상가에 붙어 있는 광고 간판들이다. 아름다운 도시 미관 은 안중에도 없고 건물 층층이 홍보용 간판으로 도배하다시피 해서 오직 자신의 상가 이름만 더 크고 더 잘 보이게 하려고 하는 영리 추구의 개인 주의적 우리 사회가 우려스럽기도 하다. 그런 홍보 간판의 홍수 속에서 살다가 서구의 도시를 처음 보는 순간 우리는 놀랄 수밖에 없다. 그래서 단아하고 깔끔한 도시의 모습이 매력으로 느껴지는 것인지도 모르겠다. 아무튼 우리가 서구의 도시를 아름답다고 하는 이유 중의 하나가 이런 면 도 있기 때문일 것이다. 자신의 이익에는 민감한 반면 공동체가 잘 되어 서 자신에게 돌아오는 혜택에는 늘 둔하고, 또 나와는 무관한 것으로 애 써 치부해 버리는 우리의 개인중심적 사고방식이 아쉽지 않을 수 없다.

천년이 넘도록 한결같은 방식으로 포도를 재배하고 자신에게 좀 더 이 익이 나는 방식을 알고는 있지만 전체의 방식에 맞추고 어울려 살아가는, 그래서 라보 지역 전역이 하나의 큰 아름다움으로 유지되도록 하는 이곳 사람들의 인식, 국민성은 우리가 깊이 생각해 볼 여지가 있음을 느낀다.

기차에서 내려 다시 선착장의 출발지로 돌아왔다. 구름이 많이 낀 날씨지만 기분은 상쾌했고 이국적인 유람선이 붉은 국기를 펄럭거리며 출발을 위한 연기를 피우고 있었다.

　한적한 시골 마을에 들어서니 사람 사는 모습들은 어떨까 호기심이 성겨 걸음 가는 대로 동네 골목길을 따라 둘러보기로 했다. 여행을 다니던서 사람들의 사는 모습과 일상들이 늘 궁금하였다. 능력 부족으로 대화는 할 수 없지만 가까이서 볼 수 있었으면 해서다. 자유여행이 이래서 좋은 것이다. 시간에 구애받지 않으니 내키는 대로 할 수 있다. 머물고 싶으면 머물고 가고 싶으면 갈 수 있는 자유와 여유, 물론 식(食), 박(泊)을 일일이 해결해야 하는 불편도 있기는 하지만…

　사실 이번 여행에서 숙소는 그날그날 예약 사이트에서 예약하고 있다. 아직 내일 이후의 숙소는 잡지도 않았다. 물론 휴대폰이 고장 나거나 인터넷이라도 안 되면 당황스러울 수는 있다. 미리 예약을 하지 않으면 호텔비가 더 비싸다고 들었지만 계산해 보니 별반 차이는 나지 않는 것 같다.

　스위스 여행은 특성상 주로 자연 경관을 중심으로 일정이 짜여지는 경우가 많다. 그런데 자연 경관 중심의 여행은 어쩔 수 없이 그날의 날씨이

영향을 많이 받을 수밖에 없다. 경험상 비나 안개로 인해 그날은 소위 일정에 차질이 생기는 경우도 가끔 있었다. 특히 알프스 융프라우 같은 산악지대에서는 더욱 그럴 수밖에 없다. 맑은 날보다도 오히려 흐리고 안개 낀 날이 더 많은 통계도 있다. 그래도 숙소가 예약되어 있으니 무조건 다음 코스로 이동은 해야 하겠고, 그런 날은 너무 아쉬울 수밖에 없었다. 날씨를 조상 탓이니, 운명이려니 하고 맡겨 버리기엔 너무 아깝고 해서 이번 여행은 행여 이런 아쉬움을 조금이라도 줄여 보고자 날씨가 좋지 못하면 계속 머물러 있기 위하여 일정 자체를 미리 만들지 않기로 했다. 그래서 그날그날 만들어 가는 일정으로 진행하고 있는 것이다. 여행객이 시간을 마음대로 조정할 수 있는 건 자유여행이 아니면 불가능할 것이다.

한적하고 단아한 시골 마을. 나름대로 아름답게 가꾸어 온 느낌이 드는 풍경들이다. 이곳 마을 주변의 농지는 모두 포도밭이어서 포도 농사 외에는 농가의 별도 수입원이 없을 것 같다. 평온한 분위기라 쉬고 싶은 느낌이 드는 마을이다.

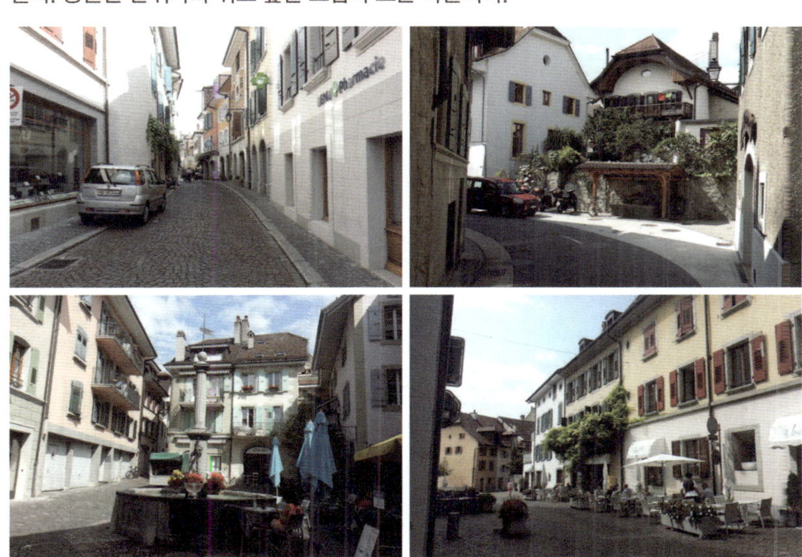

　뤼트리 마을의 집들은 깔끔하고 소박했다. 곳곳의 집들에 예쁘고 아름 다운 꽃을 피워서 나그네의 마음을 기쁘게 해 준다. 특히 이곳 사람들은 자기네 국기 색인 붉은색 꽃을 좋아하여 이와 잘 어울리는 제라늄 같은 꽃을 많이 피웠다. 꽃을 재배하고 피우는 것을 좋아하는 것 자체가 사람 마음에 여유가 있음을 알려 준다. 집이 너무 다닥다닥 붙어 있어 불편하지 않을까 하는 생각도 들었지만 유럽 도시의 집이나 상가 건물들은 대부분 이렇게 붙어 있었다.

　한적하고 비밀스런 골목길. 너무 조용해서 막상 지나가려니 마음이 조마조마했다. 행여 아는 사람이라도 만날 수 있었으면… 하는 뜻밖의 생각이 든다. 나와 아무 관련도 없는 좁은 길이지만 사람 사는 냄새가 배어 있고 온기도 있다. 오래된 낡은 색채의 집들 사이로 어릴 적 뛰놀던 동네 골목길의 향수와 맞물려 왠지 포근함이 감돈다. 집 안은 어떻게 생겼고 사는 사람들은 어떤 모습을 하고, 또 무엇을 먹고 있을까 하는 헛 상상어 빠지기도 한다.

좁은 골목길을 지나가는데 언제부터 나왔는지 어린 천사들이 놀고 있다. 사진을 같이 찍자고 하자 반응하는 녀석도 있고 부끄러워 숨는 녀석도 있다. 어린이들과 같이 사진을 찍는 것은 거의 횡재에 가까운 것이다. 이 방인에게 경계심을 풀어 놓는 어린이들의 순수함과 생긴 모습들이 너무 예뻐서 이 순간 선물을 가진 산타클로스가 되지 못함이 못내 아쉬웠다.

아스팔트로 포장된 골목길도 있었지만 대다수는 돌로 포장되어 있었는데, 일일이 돌을 잘라서 포장하느라 얼마나 육체적으로 많은 노력이 들었을까 하는 생각이 들었다. 이런 울퉁불퉁 포장은 도시에도 많았는데 특히 인근 나라 이탈리아에는 더욱 그랬다.

사람이 사는 곳은 다 비슷하다. 아직 수거가 안 되었는지 버리려고 내놓은 쓰레기들이 골목에 쌓여 있다. 시골이라 그런가? 쓰레기 분리수거 인식은 우리보다도 못한 것 같기는 한데 내막은 잘 알 수가 없다.

시골 마을에 인적이 드문 이유가 여기에 있는 것 같다. 마을 사람들이 길가의 한 레스토랑에 모여 있었는데 젊은 사람은 없고 연세 드신 어른들만 모여 음식을 들며 이야기꽃을 피우시는 것 같다. 나이가 들면 어느 나라나 다 비슷하지 않겠는가? 스위스에는 우리의 경로당 같은 시설이 있는지는 모르겠다. 차를 마시며 담소를 나누시는 모습이 즐겁고 편안하게 보이기는 하나 겉보기에 '쉼과 여유'의 실속은 오히려 우리나라 경로당이 더 나은 것 같다는 생각이 들기도 한다. 세계 어느 나라나 노후의 복지 문제는 각자 개인도 준비해야지만 국가 사회적으로 지원하고 해결해야 될 큰 문제임을 느낀다.

　마을을 둘러보고 뤼트리에서의 일정을 마무리했다. 하늘엔 구름이 가득, 호수엔 맑은 물결이 가득하다. 오랜 기간 동안 호수를 오염시키지 않고 깨끗하게 유지시켜 온 이곳 사람들의 보존 인식도 소중하고 자기들을 찾아 주는 배 손님들을 맞이하기 위해 선착장에 아름다운 꽃을 피우는 진심도 고맙고 따뜻하게 느껴진다.

　해가 뉘엿뉘엿 기우는 황혼녘, 여행객에게 있어서 저녁 시간은 타지에서의 하루를 마무리하는 시간이라 그런지 늘 숙연해지곤 했다. 하루를 잘 보낸 안도감, 그리고 낯선 곳이지만 평화롭게 느껴지는 어느 하늘 아래 내가 서 있다는 사실적 존재감이 마음을 편안하고 아늑하게 했다. 예쁜 포도송이가 알알이 영근 라보 포도원의 싱싱함을 가득 안고 로잔으로 돌아와 짐을 찾고 호수 위의 석양을 보며 기차를 타고 로잔을 떠난 지 불과 20분, 레만 호수의 마지막 여행지인 몽트뢰(Montreux)에 도착했고 금빛 조명이 반기는 길을 건너 오늘 밤 숙소인 유로텔(EUROTEL) 호텔에 여장을 풀었다.

제7장

여섯째 날(9.7)
환상적인 기차여행
골든패스라인 (Golden Pass Line)

　몽트뢰(Montreux)의 조용한 아침은 호숫가 산책으로 시작되었다. 호숫가에 공원처럼 만들어진 산책로는 멀리 시옹(Chillon)성까지 이어지는데 도시가 끝나는 곳까지만 구경하고 돌아왔다. 오늘 일정은 오전에 시옹성을 관람하고 오후엔 금번 여행의 세 번째 테마로 환상적인 기차여행이라 일컬어지는 골든패스라인을 타고 다음 목적지인 인터라켄(Interlaken)으로 가는 것이다.

　몽트뢰는 자랑할 만큼의 아름다운 풍광으로 인해 예로부터 스위스의 ‘리비에라(Riviera)’라고 불려 온 곳이다. ‘리비에라’는 이태리어로 ‘해안(海岸)’이라는 뜻이다. 이태리와 프랑스에 걸쳐진 지중해 연안의 대표적 휴양지인 칸, 니스, 몬테카를로 등 연중 기후가 온난하고 풍경이 아름다운 도시들을 일컫는 말이다. 몽트뢰는 이들을 능가하는 아름다움과 아늑함과 또 고급스러움을 가지고 있다. 특히 이곳 여행의 랜드마크인 시옹성과 호수 주변의 아름다움이 18세기 프랑스의 루소(Rousseau)나 영국

의 바이런(Byron)에 의해 작품으로 묘사됨으로써 영국을 비롯한 유럽의
귀족들에게 알려지게 되었고 이런 연유로 이 도시를 찾기 시작했다고 한
다. 그 후 지금까지 이곳과 인연이 닿은 유명 인사들이 많이 생겼고 그들
은 도시 곳곳에 많은 흔적들을 남겨 두었다. 그들의 스쳐 지나간 추억닥
에도 한번 보고자 하여 찾는 여행객들이 지금도 붐비는 것은 이 도시의
큰 자랑거리가 아닐 수 없다.

  어젯밤 금빛 조명으로 불을 밝혔던 몇몇 건물들을 보니 다치 아기자기한
큰 조각품을 보는 것 같았다. 호텔은 아닌 것 같고 고급 다세대 주택 같은
데 그 화려함과 고급스러움에 주눅이 들 정도다. 예전에 파리(Paris) 여행을
하면서 이처럼 예쁘고 멋진 건물들을 많이 보았는데 건물 하나를 만들어도
예술품이 될 만큼 노력을 기울이는 건축주의 정성스러움이 느껴진다.

화려한 주택과 하룻밤 신세를 진 호텔 유로텔(EUROTEL). 모든 객실이 호수를 조망하도록 되어 있어 풍광이 일품이다. 시설도 우리 같은 나그네에겐 과분할 정도로 고급스러웠다. 조식비는 별도로 1인당 28프랑인데 메뉴는 가격에 비해 별로였다.

꽃이 핀 아름다운 공원과 연세가 지긋하신 어르신들의 어울림이 행복해 보인다. 몽트뢰는 시내를 통과하는 중심대로 주변과 호숫가의 산책로를 걷는 것이 도시 구경의 전부다. '휴양'이라는 이미지에 맞는 아담하고 고급스러움이 있는 도시라 시간이 되는대로 걸어 다니면 '쉼'의 분위기를 느낄 수 있다. 호숫가에 조성된 각종 조형물들은 나름대로의 사연을 가지고 있는데 여행 공부를 하다 보면 이것들이 이곳에 존재하는 이유를 통해 쏠쏠한 재미를 느낄 수 있다.

호숫가에는 영국의 전설적인 록 그룹 퀸(Queen)의 리더 프레디 머큐리(Freddie Mercury)의 동상이 우뚝 서 있다. 그가 세상을 떠난 지 이십 년도 훨씬 넘었지만 사랑하고 추모하는 마음들이 꽃으로 전해지고 있다.

레만 호수를 향하여 팔을 뻗친 프레디 머큐리(Freddie Mercury) 동상

그는 평소 평온한 분위기의 몽트뢰를 좋아하여 이곳에서 곡을 쓰고 녹음도 했다고 한다. 마지막 앨범인 'Made in Heaven'도 이곳 스튜디오에서 녹음했고 세상을 떠나기 전까지 몽트뢰를 사랑하고 몽트뢰를 주제로 한

곡을 발표했다. 몽트뢰도 이에 보답하고자 매년 9월 첫 번째 주말을 머큐리 기념일로 지정했다. 그는 마지막까지 음악에 대한 열정으로 일관했다고 한다. 그가 많지 않은 나이에 병으로 오랜 시간 투병하다 사망하자 세계의 음악 애호가들은 큰 충격에 빠졌고 그 애절한 마음과 연민이 그가 바라보는 이곳 레만 호수에 녹아 있다.

　몽트뢰 대로변을 지나치면서 만난 낯익은 글씨의 '강남', 한국식 바비큐 식당이다. 아직 영업 시작 전 시간이라 그런지 안에는 인기척이 없었다. 환경에 적응하고 그에 맞추어 사는 것이 사람의 삶인지라 이 식당의 주인이 어느 분인지는 몰라도 이곳에 처음 창업할 때는 정말 낯설고 어려웠을 텐데 의지와 용기가 자랑스럽다. 비록 먼 타국이지만 보금자리를 잡았으니 잘돼서 꿈꾸는 성공을 이루시면 좋겠다. 다행스럽게도 우리나라가 이제는 잘살게 되어서 해외여행도 많이 다니게 되었고 마침 이곳 몽트뢰도 우리나라 사람들에게 인기 있는 여행지 중의 하나가 되었으니 오고 가는 고국의 동포들을 자주 만나게 되면 타국 생활의 외로움은 조금 덜 수 있지 않을까 생각해 본다.

1

몽트뢰(Montrex) 시옹(Chillon)성

시옹(Chillon)성은 몽트뢰 여행의 제1호 관람 코스이다. 시간이 넉넉할 때 호수의 산책로를 따라 걸어오면 40분 정도, 시내에서 201번 버스를 타고 오면 10분 정도 소요된다. 스위스패스는 버스 탑승도 무료지만 시옹성 입장료도 무료이다. 매표소에는 한글 안내서가 비치되어 있으니 챙겨야 한다.

　시용성은 호숫가 바위 위에 건설된 그리 크지 않은 성이다. 첫눈에 오래된 성이라는 것을 알 수 있었다. 화려함과 웅장함과는 거리가 멀었다. 비록 위세는 당당하지 않지만 대신 소박하고 아기자기한 느낌을 받았다.

건축의 기원에 대해서는 의견이 분분하지만 9세기경 알프스를 넘어 오가는 사람들의 통행세를 징수하기 위해 지어졌다고 하니 어느덧 천년의 세월이 흘렀다. 그런 연유로 유럽의 여느 성과는 달리 탁한 색채에 낡고 서민적이어서 마치 진한 흙냄새를 풍기는 것 같다. 둔탁하긴 하지만 사각형과 원뿔로 된 첨탑이 만들어 내는 은은한 자태는 성 전체의 모습을 아우르며 지나간 천년의 비밀을 간직하고 있는 것 같다. 붉은색 바탕에 흰 십자가의 스위스 국기는 어느 곳에 달아 놓아도 주위의 모습과 잘 어울리는데 이곳에서도 가장 높은 첨탑의 꼭대기에서 자랑스럽게 펄럭이고 있었다.

성의 가장 낮은 곳인 지하 공간이다. 바깥 세계와의 격리된 곳임을 이곳의 어둠이 알려 주고 있다.

지하층은 술통 등을 쌓아 놓은 창고, 그리고 죄수를 구금시킨 감옥 등으로 보인다. 사람을 결박시켰던 기둥, 심지어 교수형 틀까지도 보인다. 16세기에 종교개혁을 추진하려던 제네바의 수도원장 보니바르(Bonivard)가 오래전부터 이곳 몽트뢰에서 위세를 떨쳤던 샤보이(Savoy) 가문의 왕에게 포로로 잡혀 1530년부터 이 지하 감옥의 기둥에 6년간 사슬에 묶여 감금되었다고 한다. 그로부터 300년이 지난 19세기 영국의 시인 바이런(Byron)이 시옹성을 방문하여 이 이야기를 듣고 '시옹의 죄수(The Prisoner Of Chillon)'라는 서사시를 지어 세상에 알림으로 시옹성이 유명해졌는데 그것을 기념하여 지하 벽에는 바이런의 명판이 붙어 있다.

1, 2층의 성 내부 공간은 14세기 중세 벽화로 장식된 샤보이 공작의 방이 있고 성 전체가 중세의 모습을 온전하게 잘 보존하고 있어 역사적 가

치가 매우 높은 성이다. 다만 장식은 고급스럽거나 화려함과는 거리가 멀며 서민적이고 소박하다. 성이라고 해서 궁전에 비교될 것은 아니다.

성안에서 화장실로 이용된 방. 그 당시 사람들이 사용했던 변기가 볼품없이 덩그러니 놓여 있다.

성 내부는 몇 개의 뜰로 나뉘어져 있다. 첫 번째 뜰 부근에는 병사들의 숙소, 두 번째 뜰 부근에는 성주의 숙소와 창고, 감옥이, 세 번째 뜰 부근은 시옹성의 백작과 수행원들의 방, 그리고 예배당이 있다고 하는데 잘 구별되지는 않았다. 성이란 건축물이 그렇듯이 구조가 복잡하고 비밀스러운 부분이 많다. 안내도의 번호를 따라 이곳저곳을 돌아다니면 수백 년간 흘러온 세월마다 한순간도 놓치지 않고 지켜보았을 갈색의 벽체들과 오밀조밀한 지붕들이 신비스럽기도 하다. 마치 우리를 과거로 회귀시키는 듯한 느낌을 주었다. 과거 봉건시대에는 태평성대 같은 좋은 시절도 있었지만 반대로 인권이 압제당했던 폭정의 시절도 있었을 것이다. 덕(德) 있는 군주(君主)의 사랑으로 피어난 백성들의 웃음도 폭군의 학정(虐政)으로 백성이 흘려야 했던 눈물과 고통 소리도 모두 안고 있는 무심한 이곳 성터는 늘 무거운 침묵만 흐르고 있다.

　중·장년에 떠나는 스위스(Swiss) 자유 여행기

성에서 호수 쪽을 바라볼 때 왼쪽 편에 레만호 유람선 선착장이 있다. 스위스패스로 모든 유람선을 무료로 탑승할 수 있는데 이곳에서 끝 지점인 멀리 제네바까지 유람을 할 수 있다. 다만 시간이 많이 걸려 온종일 여유가 필요하다. 우리는 버스로 몽트뢰 시내로 돌아오면서 반갑게도 60대의 한국인 아주머니와 스위스인 남편 부부의 옆자리에 동석하게 되었다. 곱게 화장을 하고 남편과 시내로 가시는 중인데 우리를 먼저 알아보고 친근감이 있었는지 한국인이냐고 물었고 우리도 정말 반가워했다. 아주머니는 20대에 스위스로 유학을 와 디자인 공부를 하는 중에 스위스인 남편을 만나 결혼했고 몽트뢰에 정착했다. 거의 40년을 스위스에 살았으니 이젠 스위스인이 다 되었고 국가에서 주는 연금으로 부부가 아무런 부족함 없이 생활을 한다고 했다. 스위스는 연금제도가 잘되어 있어 좋고 또, 국민들의 생활 자세가 절대로 남에게 폐를 끼치는 행동을 하지 않는 것이 습관화되어 있다고 일러 주신다. 우리도 선진국으로 가기 위해서는 반드시 거쳐야 할 단계로 보인다. 고향에 가 보고 싶지 않으시냐고 했더니 백 번도 넘게 한국에 다녀왔다면서 아마 몽트뢰에 거주하는 한국인은 거의 없는 것 같다고 했다. 버스에서 우리랑 같이 내려 헤어지면서 한국인을 만나 너무 반갑다고 하시면서 다음에 오면 자기 집에 재워 주겠다는 말로 따뜻한 동포의 인정을 보여 주셨다. 아주머니의 입에서 배어 나오는 말 한마디 한마디에 고향에 대한 그리움과 향수가 진하게 묻어 있음을 쉽게 놓칠 수 없었다. 그동안 먼 이국에서 외로움에 몸을 떨고 낯선 환경에 적응하느라 힘든 세월을 보냈을 텐데 이제 이 모든 것을 견뎌 내고 번듯한 일가(一家)를 이루었으니 한국 여성으로서 보여준 삶의 의지력과 강인함, 그것들을 받쳐 온 지혜와 깊은 내공에 박수갈채를 보내 드리고 싶었다.

인간 개개인에게 있어 조국이란 무엇인가를 생각하며 몽트뢰의 일정
을 마무리했다. 이제 인터라켄으로 출발한다.

2

스위스 기차여행의 백미(白眉) 골든패스라인

기차가 발명되고 나서 빠른 속도로 유럽 전역으로 기찻길이 열리게 되었다. 그리고 편리한 운송 수단 중심에서 시간이 흐르면서 드디어 기차여행이라는 새로운 여행 문화가 생겨났다. 그러나 초기의 유럽인들은 기차여행을 매우 불편하게 여겼다고 한다. 정신없이 지나가는 차창 밖의 풍경은 마차만 탔던 그 당시의 안력(眼力)으로는 따라가기가 어려워 감상하기엔 더더욱 어려운 것임에 틀림이 없었다. 그래서 생겨난 말이 '파노라마식 풍경(panoramic landscape)'이라고 한다. 한 번에 모든 장면을 보여 준다는 뜻으로 좋은 뜻은 아니었다. 그러나 시간이 흐른 지금 여기서는 골든패스 파노라마(Goldenpass panorama) 기차가 최고를 자랑한다.

올 상반기에 유럽 철도회사 유레일(Eurail)에서 장년 부부의 웃음 띤 여

행 사진과 함께 낭만과 아름다움이 가득한 풍경들로 중장년층 배낭 여행
객이 이용하기 좋은 유럽 기차 노선을 선정하여 발표했는데 가장 먼저 추
천된 곳이 스위스의 골든패스라인(Golden Pass Line)이다. 사진이 보여
주듯 행복의 구성요소를 모두 갖춘 듯한 건강한 장년 부부의 아름다운 웃
음은 '행복이 어떤 것인가?' 하는 질문과 함께 우리 삶이 추구해야 될 미래
가 어떤 것인지를 말해 주는 것이기도 하다. 젊은 시절은 먹고사는 문제
로 생활 현장이 우선시될 수밖에 없겠지만 나이가 들면 가족 공동체의 행
복이 가장 소중한 가치임을 비로소 깨닫는다. 이런 깨달음은 삶의 유형
을 바꾸기도 한다.

　　스위스는 기차 교통이 발달한 나라이고 아직은 자유여행객들의 대다
수가 렌터카보다는 기차를 이용하고 있는 실정이다. 기차로 여행하면서

스위스 알프스의 청정한 대자연을 가장 쉽고 편안하게 감상할 수 있는 여행 코스가 바로 골든패스라인이다. 이름 그대로 스위스 철도청이 선정한 가장 아름다운 풍광을 자랑하는 코스라고 보면 될 것이다. 이곳을 운행하는 기차의 종류는 두 종류가 있는데 하나는 일반적인 기차 '골든패스'이고 또 하나는 특별히 풍광을 감상할 수 있도록 기차의 천장과 벽을 유리로 틔운 '골든패스 파노라마' 기차인데 파노라마 기차는 운행 횟수가 많지 않아 별도 시간을 맞추어야 한다. 우리도 시간이 맞지 않아 파노라마 기차 대신에 골든패스 기차를 이용했다.

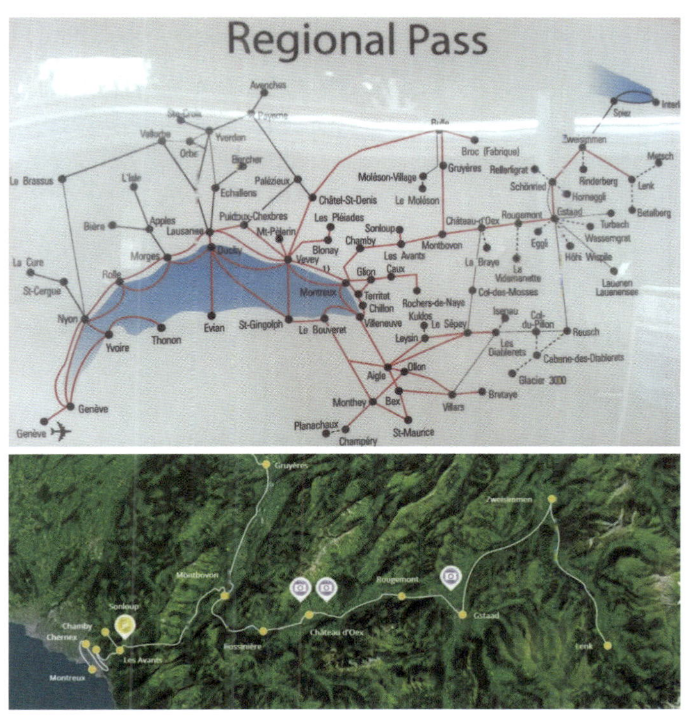

　　이 코스의 출발지는 스위스 도시 중 가장 아름답다는 루체른(Luzern)에서 인터라켄(Interlaken) - 츠바이짐멘(Zweisimmen) - 몽트뢰(Montreux)까지 이어지는 240km 구간으로 넉넉잡아 5시간 이상 소요된다. 유리창 너머로 보이는 깨끗한 호수와 푸른 초원, 점점이 자리 잡은 아름다운 집(샬레, chalet)들은 동화 속의 스위스를 그대로 말해 준다. 특히 이 중 몽트뢰(Montreux) - 츠바이짐멘(Zweisimmen) 구간의 두 시간은 골든패스라인 중의 백미로 깊은 계곡과 푸른 전원 지대의 풍성하고 매력적인 풍경을

기차에서 본 레만 호수와 몽트뢰 모습

파노라마로 즐길 수 있다. 깊은 심산유곡을 끝없이 달릴 것 같은 기차에 몸을 실으면 왜 여행객들이 스위스를 동경하는지를 짐작하게 되는데 스위스 여행을 계획하고 있는 사람이라면 제일 먼저 추천해 주고 싶은 여행 코스 중 하나다.

우리는 몽트뢰에서 12시 44분 골든패스 기차를 탔다. 츠바이짐멘을 거쳐 인터라켄 웨스트까지 가는 일정으로 두 번 환승하고 거의 네 시간 정도가 소요되었다. 몽트뢰에서 츠바이짐멘까지는 두 시간, 여기서 환승하여 슈피츠(Speiz)에서 다시 환승하여 인터라켄 웨스트까지 거의 두 시간 정도 소요되었다.

레만 호수를 바라보견서 기차는 산언덕을 돌고 돌아 곧바로 산속의 깊은 마을을 통과하고 내려와 다시 초원 지대를 누비다가 어느새 하늘처럼 높이 솟은 산속의 계곡을 지나 조용하고 한적한 마을들을 끝없이 지나게 된다. 예전에 스위스 첫 여행 시 취리히에서 루체른을 지나 인터라켄으로 오면서 바라본 아름다운 전원의 모습에 많이 감탄했었는데 이곳의 모습은 그때의 느낌을 능가하여 경이로울 만큼 환상적이고 신비로워 우리의 탄성을 자아내게 했다.

스위스는 거대한 산맥 알프스를 끼고 있는 전형적인 산악 국가이다. 그래서 농사지을 평지가 부족하고 산이 많아 일찌감치 산을 이용한 목축과 낙농업을 발전시켜 왔다. 우리나라도 국토에서 차지하는 산의 비율이 높은 편이지만 스위스는 우리보다도 더 불리한 편이다. 이런 스위스에 유리한 면이 있었다면 예로부터 외세의 침범에서 나라를 지키는 데는 유리하였을 것이다. 그러나 평화의 시대에 자국 내에서 생산되는 식량의 브족으로 먹고사는 문제마저도 해결하기 어려웠을 것이다. 그래서 중세 이전의 스위스는 가난하였다고 한다. 그러나 불행 중 다행이었을까. 중세 프랑스의 국왕이었던 프랑수아 1세와 앙리 3세, 루이 14세에 의하여 당시 신교도인 위그노가 학대와 핍박을 받아 어쩔 수 없이 인근 스위스로 이주해 와 곳곳에 정착하였는데 그들은 당시 고급 기술을 가진 인력들로 스위스에 정밀 공업을 발달시킬 기술적 역량을 제공하게 되었다. 그리고 농축산업 면에서 스위스인 특유의 투지와 개척 정신으로 험한 산을 개간하여 초지(草地)를 만드는 등 목축업에 자신의 삶을 바칠 정도로 전념하였다. 이들은 따뜻한 계절엔 가축들을 초지에 방목하여 사육하다가 알프스의 혹독한 겨울을 나기 위해서는 산 아래로 내려와 농장에서 집단 사육을 하였는데 이를 위해서는 많은 양의 사료용 풀들을 저장해 두어야 했다. 그래서 그들에게 푸른 초지는 가축의 식량을 생산하는 농토와 같은 것이다.

　오늘날 여행객의 감탄을 자아내는 푸른 초원 위의 아름다운 집들은 그들의 생업인 목축업을 하기 위해 필요한 시설이기도 한 반면 그들의 노동 현장이고 생산 터전이다. 이제는 많은 부분이 기계화되어 인력의 수고를 덜고 있긴 하지만 그래도 여전히 노동력은 필요할 것이고 여행객에겐 보이지 않는 그런 노동의 수고로 이토록 정갈하리만큼의 아름답고 눈부신 초원 지대를 보존해 가고 있는 것이다. 결국 천혜의 자연환경은 아름답기도 하지만 그 이면에는 오랜 세월 가꾸고 다듬은 인간의 땀방울이 녹아 있는 것이다.

　이제 스위스 목축업은 그 자연 환경적 배경이 단순 목축을 위한 용도에만 그치지 않고 세계의 관광객들이 찾아오는 여행 상품이 되었다. 이는

우리나라 농업의 미래에도 시사하는 바가 크다고 볼 수 있다. 농산물 생산뿐 아니라 관광산업이라는 또 다른 부가가치를 창출하고 있는 것이다. 예전의 1차 산업이던 농업을 이제는 6차 산업이라고 부르는데 이는 현재의 농업이 1차, 2차, 3차 산업의 속성을 모두 다 가지고 있기 때문이다. 단순 농작물 생산에서 더 나아가 첨단화된 생산, 유통, 판매, 서비스까지 아우르는 융합 산업으로 발전하고 있기 때문이다.

　기차에 적힌 MOB(Montreux Oberland Bernois)는 골든패스 구간을 운행하는 철도회사의 이름이다. 골든패스 구간은 총 3개의 서로 다른 철도회사가 운행하는데 MOB는 몽트뢰 - 츠바이짐멘 구간을, 츠바이짐멘 - 인터라켄 구간은 BLS(Bern-Lötschberg-Simplon) 회사에서, 인터라켄 - 루체른 구간은 스위스 국영 SBB(Schweizerische Bundesbahnen) 철도회사에서 운행한다. 중간에 환승을 하지만 기다림의 시간이 짧고 아주 편리한데 각 회사들마다 정확성과 안전성으로 세계 최고의 철도 시스템이라고 내세우고 있다.

츠바이짐멘으로 가는 도중의 산골 마을 샤또데(Chateau-d'oex), 그슈타트(Gstaad)

산골 마을 샤또데는 세계 열기구 축제로 유명한 마을이라고 하고 그슈타트는 작고 깊은 산골 마을임에도 휴양차 찾아오는 부호들이 많아 럭셔리 산골 마을로 불린다고 한다. 시간이 허락되면 기차역의 락커에 짐을 맡겨 놓고 마을을 둘러볼 수도 있는데 그리하지 못한 아쉬움이 많다. 시간이 너무 빨리 흘러가 버려 갑자기 아인슈타인의 말이 생각났다. 어느 기자가 아인슈타인에게 상대성 이론을 쉽게 설명해 달라고 물었을 때 아인슈타인은 '사랑하는 젊은 남녀가 함께 있으면 한 시간도 1분 같고 뜨거운 난로 위에 앉아 있는 사람은 1분이 한 시간 같이 느껴집니다. 이것이 상대성 이론입니다.'라고 했다고 한다. 그럴 것이다. 몇 장의 사진으로 남기는 것이 유일하게 시간을 멈추게 하는 것이다.

츠바이짐멘은 산과 계곡 어우러진 지형의 작은 평지에 자리 잡은 마을이다. 여기서 기차를 바꿔 타고 슈피츠로 간다. 대부분의 스위스 마을이 그러하듯이 이곳도 여름은 푸른 초원 지대 하이킹으로, 겨울에는 스키장

푸른 초원 위에 마을을 이루고 또 점점이 흩어져 외로운 집들

으로 유명하다고 한다. 이렇게 작은 마을에도 산을 오르는 곤돌라가 보였다. 여행을 하면서 생긴 욕심이랄까, 예전에는 기차여행만이라도 한번 해 봤으면 하다가 지금은 막상 기차를 타고 나니 이런 작은 마을에 내려 잠시라도 시간을 멈춰놓고 허허로이 자연을 벗 삼아 잠시라도 어울리고 싶은 생각이 든다. 그리고 이 산골 마을을 지키며 살아가는 이들의 삶의 현장도 보고 싶다. 욕심이 생겨서 그럴까, 그런 것은 아니다. 힐링을 하고 아늑한 휴식을 기대하는 것도 아니다. 평소 접할 수 없는 푸른 대자연의 벅찬 감동에 그냥 기약 없이 스쳐 지나쳐 버리기가 너무 아쉬워 이룰 수 없는 줄 알면서도 간절함으로 해 보는 바람들이다.

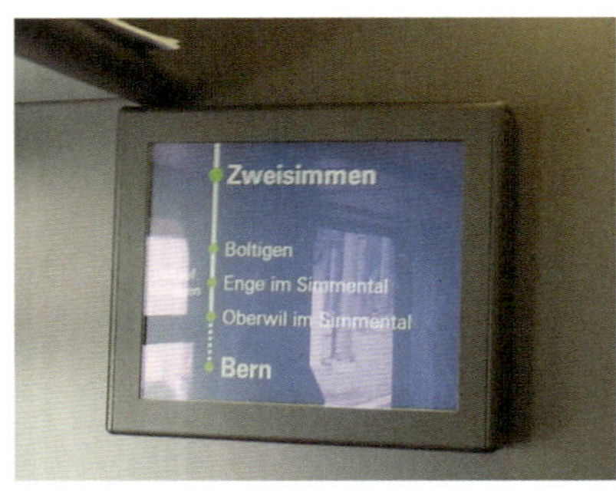

아름다운 산악 마을 츠바이짐멘

　　기차 안에서 내가 몸동작으로 할 수 있는 일은 그저 초록빛 창밖을 응시하는 것과 연신 휴대폰 카메라의 셔터를 누르는 것, 유일한 추억으로 남게 될 이곳의 아름답고 목가적인 풍광들을 작은 기기에 담기는 했지만 거대한 전체를 나타내기에는 아쉽게도 너무 작은 일부분에 불과할 것이다. 눈에 담은 전원의 모습들이 뇌리에서 당장 지워지지는 않겠지만 이로 인해 또다시 새로운 아름다움과 행복감을 추구하는 인간들의 속성에 비추어 볼 때 여행은 늘 찰나의 감탄과 가슴 벅참이란 원초적 선물을 들고 끝없이 사람들을 유혹하는 치명적인 매력을 가진 것 같다.

3

행복한 인생을 위해 가장 하고 싶은 것

　　우리나라 중장년층에서 해외여행을 하게 되면 단연 패키지(package) 단체 여행을 선호한다. 그럴 수밖에 없는 것이 단체로 다녀야 서로 의지가 되면서 안전하기도 하고 문제 해결도 쉬워지게 된다. 또, 개인은 낯선 나라의 여행 일정을 준비하기도 어려울뿐더러 막상 언어가 통하지 않는 타국 땅에 도착하면 독자적으로 진행해 나갈 수 있는 일이 별로 없을 것이다. 막막한 느낌 그 자체이다. 그러나 요사이 젊은이들은 그와 정반대이다. 인터넷의 발달로 여행계획도 잘 준비하고 언어도 통할 뿐 아니라 각 나라의 지역마다 여행의 핵심이 무엇인지를 잘 꿰뚫고 있다. 여행이라는 기회를 통해 무한히 넓은 다른 세상을 눈으로 보면서 꿈을 키우고 글로벌 인재가 되기 위해 자신을 계발한다면 청년 시절 여행의 의미와 가치는 충분하고 남을 것이다. 그러나 이런 젊은이들만의 전유물로 여겨지던 배낭여행의 트렌드가 달라지고 있다고 한다. '액티브 시니어(Active Senior)'로 불리며 여가생활에 적극적으로 투자하는 50~60대 중장년층의 배낭여행이 늘고 있는 것이다.

　최근 온라인 여행사 익스피디아(Expedia)에서 우리나라 50세 이상의 남녀 1,000명을 대상으로 실시한 '앞으로의 행복한 인생을 위해 가장 하고 싶은 것'을 묻는 설문에 84.5%가 여행을 꼽았다. 여행 방식으로는 배낭여행에 대한 인식이 87.8%가 긍정적이라고 답했는데 이는 '패키지여행' 상품이 주지 못했던 자유여행에 대한 선호도를 반영한 것으로 보인다. 가족, 친구, 동료 등, 마을이 맞는 몇 명이 어울려 즐거움과 낭만의 여행을 자유자재로 여행지를 옮겨 가며 실행해 볼 수 있다는 것은 비록 여행 준비에 머리와 몸은 고되어도 여행의 만족도와 행복감은 당연히 증가할 것이다.

　이런 중장년층 여행객이 가장 가고 싶은 여행지는 유럽(42.2%)이었는데 그 이유는 역사적 유물이나 자연 풍광, 동양과는 구별되는 서양 세계라는 것만으로도 충분히 선택의 여지가 있었을 것이다. 만일 그런 목적에 부합하여 유럽을 여행하고 싶다면 스위스 철도여행과 함께 샤모니 몽블랑, 레만 호수의 라보 포도 재배 지역 하이킹, 알프스 융프라우 하이킹을 추천하면서 여행 계획서에 포함시켜 놓으면 좋지 않을까 생각한다.

샤모니 몽블랑과 라보 포도 재배 지역

골든패스 파노라마와 융프라유 하이킹

4

인터라켄(Interlaken)
하더쿨름(Harder Klum)

츠바이짐멘을 떠난 지 약 1시간 후 기차는 툰(Thun) 호숫가에 자리 잡은 휴양도시 슈피츠(Spiez)에 도착하였고 여기서 기차를 환승하여 인터라켄(Interlaken)으로 향했다. 기차를 기다리는 시간 동안 잠시 내려서 마을을 볼 수 있도록 만들어진 전망대 위에서 마을 모습을 사진에 담았다. 그리 크지 않은 마을의 호숫가에는 자그마한 흰 요트들이 떠 있었고 빙하가 녹아서 만들어진 청록색 에메랄드빛 호수가 주위의 산들과 어울려 편안하면서도 아늑한 분위기를 자아내고 있었다. 여기서 인터라켄까지는 툰 호수를 운행하는 유람선으로도 갈 수 있다.

인터라켄 마을은 알프스의 유명한 봉우리 융프라우(Jungfrau), 아이거(Eiger)를 중심으로 한 산악 여행의 출발지이다. 우리는 일단 호텔이 위치한 인터라켄 서역(西驛)에 내려 체크인 후 동역 쪽에 있는 하더쿨름(Harder Klum) 전망대에 가기 위해 시내를 가로질러 나왔다. 서역과 동역의 거리는 약 2km로 두 거의 기차역이 인터라켄의 동, 서 양쪽 끝에

있어 걸어가면서 마을 전체 모습을 볼 수 있다. 하더쿨름 전망대는 해발 1,447m의 산 위에 위치하고 있는데 이곳은 인터라켄과 마을을 좌우에서 싸고 있는 두 개의 큰 호수, 그리고 멀리 눈 덮인 알프스의 봉우리들을 감상할 수 있는 뷰 포인트(view point)이다. 이곳은 푸니쿨라(Funicula)라고 하는 궤도열차를 타야 하는데 동역 바로 뒤편에 푸니쿨라 탑승장(Harderbahn)이 있다. 푸니쿨라는 기차처럼 생겼으나 엔진이 없고 밧줄의 힘으로 궤도를 오르내리는 산악 교통수단이다. 높은 경사의 산을 10여 분 정도 오르면 인터라켄 마을이 한눈에 들어오는 하더쿨름 전망대가 있다. 이곳에 서면 점점이 내려 보이는 마을의 집들과 두 개의 호수, 맞은 편에 유명한 알프스의 세 봉우리, 아이거, 묀히, 융프라우가 사이좋게 한 줄로 서서 기다리고 있었다는 듯이 모습을 드러낸다. 아름다운 장관이다. 예전에 인터라켄에 왔을 때 시간이 여의치 않아 들르지 못해 아쉬움이 있던 곳이기도 하다.

하더쿨름(Harder Kulm) 전망대에 오르는 푸니쿨라(Funicula, 궤도열차)

하더쿨름 전망대와 파노라마 레스토랑. 전망대는 유연하고 유동적인 선과 양식을 중시하던 아르누보(Art Nouveau) 양식으로 건축되었다. 레스토랑은 배고픔을 달래며 멀리 융프라우와 산 아랫마을 인터라켄을 조망하는 호사를 누리며 식사할 수 있다.

스위스는 백 년 전인 20세기 초부터 천혜의 관광자원에 인간의 접근이 가능하도록 교통수단을 건설하여 왔다. 상상하기 어려울 정도의 험준한 고산지대까지 사람을 보내기 위해 암벽을 뚫어 산악철도를 건설하고 설치할 수 있는 최고의 높이까지 케이블카를 놓아 일반인 뿐 아니라 장애

인조차도 쉽게 관광이 가능하도록 해 놓았다. 이런 시설을 만든 당국의 의지나 건설 현장의 작업 노동자 역시 개척자의 사명감으로 투지와 열정에 사로잡혀 이뤄 낸 결과이다. 그로 인해 사계절 여행이 가능하고 여행의 천국으로 뭇 사람들에게 선망의 여행지가 된 것도 초기에 뿌려진 땀과 노력의 결실이 아니라 할 수 없다. 융프라우 지역뿐 아니라 겨울 레포츠로 유명한 발레주(州)의 체르마트(Zermatt), 루체른(Luzern) 주위의

산악 여행지 등, 전국 곳곳에 흩어져 있는 유명 명소들을 다 모으면 스위스라는 거대한 관광대국의 큰 덩어리로 같이 움직이고 있다는 것을 실감할 수 있다. 중요한 것은 필연적으로 발생하는 보존과 개발의 충돌 문제를 어떻게 극복하느냐 하는 것인데 실제 이 지역을 여행하다 보면 개발로 인한 부작용과 파괴의 흔적은 그렇게 보이지 않는다. 이것이 사람의 인식의 문제인지 기술적인 문제인지를 우리도 잘 검토하여 금수강산의 아름다운 자연 경관에 누구나 쉽게 접근하여 즐기고 삶의 질이 높아지는 관광 한국의 원동력으로 삼았으면 좋겠다.

전망대에서 바라볼 때 왼쪽 호수가 브리엔츠(Brienz), 오른쪽 호수가 툰(Thun) 호수이다. 이 두 호수 사이에 마을이 위치한다. 인터라켄이라는 마을 이름의 뜻도 Intre(사이) laken(호수)에서 온 것이다. 스위스패스로 무료로 탑승할 수 있는 유람선 선착장은 브리엔츠 선착장이 인터라켄 동역 근처에 툰 호수는 인터라켄 서역 근처에 있다.

구름 사이로 보이는 유명한 세 봉우리. 왼쪽부터 아이거, 묀히, 융프라우.

인터라켄(Interlaken)은 알프스 융프라우 지역을 여행하는 출발 도시이면서 체류형 휴양도시이다. 백여 년 전 산악철도가 개통되면서 시작된 관광산업은 스위스에서 가장 오래된 관광도시이자 세계적으로도 가장 인기 있는 도시로 만들었다. 그리 크지 않은 마을에 들어서면 알프스 융프라우를 즐기려는 사람들로 늘 붐비고 낯선 사람들과 부딪히면서 여행객의 가슴을 뛰게 하는 곳이기도 하다. 인터라켄 서역과 동역을 이어 주는 중앙대로인 약 2km의 회에벡(Hoheweg) 거리를 걸으면서 좌우 도시 모습을 살펴보면 예쁘게 단장한 호텔들과 아기자기한 각종 상점들, 멋을 낸 아름다운 건물들이 이곳의 낭만을 느낄 수 있게 해 준다. 넓은 대지 위에 왕궁같이 거대한 고급 호텔들과 비싼 상품들이 진열된 화려한 가게는 넉넉한 호주머니를 가진 부유한 사람들의 소유욕을 자극하는 곳이기도 하다.

인터라켄에서 주로 만날 수 있는 여행객들 중에는 중동, 인도의 여행객들이 많다. 중국도 많다. 어느 나라든 경제력이 뒷받침되는 부유층들에게 여행은 문화적 본능을 자극할 수밖에 없다.

회에벡 거리를 걸으면 마을의 중앙에 넓고 푸른 잔디 광장을 볼 수 있는데 여름철 밤늦게까지 이곳 주민들과 여행객들의 쉼터가 되는 곳이다.

그리고 간간이 패러글라이딩을 하는 사람들의 착륙 장소로도 이용되고 있었다. 이 광장이 만들어진 연유는 본래 이 넓은 땅을 개발하지 않고 그대로 두고 있었는데 1800년대 이곳의 뜻있는 개인들과 호텔을 운영하던 사람들이 마을의 휴식 공간을 마련하고자 개인별로 땅을 사서 마을에 회사함으로써 현재의 넓은 휴식처를 확보하게 되었다고 한다. 마을을 사랑했던 그들의 마음을 높이 살 만하다.

이곳을 지나가다가 우리나라 남녀 대학생들 네 명이 모여 있는 모습을 보고 반가워서 말을 붙여 보았다. 다들 휴학을 한 학생들로 40여 일간 유럽 각국을 여행하고 있는 중이라고 한다. 고생스럽기도 하겠지만 나름 가치 있는 공부를 하고 있는 것 같았다. 나이 든 어른들은 여행을 단순히 보고, 먹고, 즐기는 정도에서 그치기 쉬운 반면 젊은이들은 여행을 통해 학교에서 배우지 못한 산지식을 경험할 수 있을 것이다. 이쪽 세상에서 사는 사람들의 모습에서 우리와 다른 차이를 발견하는 것에서부터 서구

인들의 사회 문화적 인식도 느껴 볼 수 있을 것이다. 더 나아가 한때 세계를 호령했던 나라들의 역사도 온고지신(溫故知新)하여 앞으로 넓은 세계 속에서 살아가야 할 청년들의 미래를 위한 준비와 장치를 하는 유익한 시간이 될 수도 있을 것이다. 남녀 학생들이 어울려 다니다 보면 그저 재미로 시간을 허투루 보내지는 않을까 하는 부모의 노파심 같은 염려가 생기기도 하지만 사람의 성장이 경험과 시행착오를 통하여 얻어지는 것임을 생각하면서 어른이랍시고 격려의 말 몇 마디라도 던져 주고 싶었다. 건강하게 여행을 잘 마치라는 말을 주고받으며 호텔로 돌아왔는데 우리도 여행을 통해 단순 즐거움을 넘어 무엇을 배울 수 있을까를 생각하는 계기가 되기도 했다. 대학생들과 대화를 나눈 이 넓은 잔디 광장은 맑은 날이면 순백의 융프라우 산봉우리가 가장 잘 보이는 인터라켄의 뷰 포인트(view point)가 되는 곳이다.

인터라켄 웨스트에 있는 한국음식점 '강촌'

    아마 이곳에서 유일한 한국 식당일 것이다. 입구에 태극기가 펄럭이며 친근감을 표시하는 정겨운 느낌이다. 아내와 둘이서 생선찌개, 김치찌개로 56프랑을 지불했으니 가격은 비싸지만 모처럼 밥을 배불리 먹을 수 있다는 것이 좋았고 이런 곳에 한국 식당이 있다는 것 자체도 고마운 일이다.

인터라켄의 숙박지 바이세스 크레우즈(Weisses Kreuz) 호텔

관광지라 모든 것이 비싸다. 시설은 그렇게 좋은 편은 아니었지만 요금
은 호텔비만 이십 만원이 넘는다. 우리나라 관광객이 많이 찾는 곳인지
카운터에 우리나라 말로 '안녕하세요'를 붙여 놓았다. 여장을 풀고 몽트
뢰에서 이곳까지 하루의 일정을 잘 마무리했다.

제8장

일곱째 날(9.8)
천상(天上)의
하이킹 알프스를 걷다

오늘은 무엇보다도 날씨가 변수다. 지난번 샤모니 몽블랑에서도 그랬고 지금도 마찬가지다. 높은 산 알프스에 구름이 끼면 아무것도 보이지 않는다. 그래서 어제 잠자리에 들 땐 조바심이  났지만 고맙게도 아침은 푸른 하늘에 밝은 햇살을 비추고 있었다. 그동안 이번 여행의 막바지까지 날씨의 도움을 많이 받았다. 들뜬 마음으로 서둘러 출발하기로 했다. 우리가 머문 바이세스 크레우즈(Weisses Kreuz) 호텔의 식당은 여느 식당처럼 깔끔했다. 그래서 기분도 좋았고 오늘 알프스 하이킹을 위하여 배를 든든히 채우는 데는 조금도 부족함이 없었다.

유럽의 여러 나라에 걸쳐 있는 알프스 산맥이지만 유독 스위스에서 가장 큰 진가를 발휘한다고 해도 틀린 말은 아니다. 3~4,000m급 고봉(高峰)들이 국토에 걸쳐 있는 험준한 산악 국가지만 국민들은 이를 잘 활용하여 아름다운 관광자원으로 개발시켜 놓았다. 유명하고 인기 있는 관광지가 많이 있지만 특히 베른주(州)의 알프스는 융프라우, 묀히, 아이거 봉우리 등이 중심이 되어 계절에 관계없이 최고의 관광지가 되었다고 해도 과언이 아니다.

융프라우(Jungfrau)는 베른주(州)의 알프스에서 가장 높은 4,158m의 산봉우리 이름이기도 하지만 베르너 오버란트(Berner Oberland, 베른주의 고지대를 일컫는 용어), 즉 알프스 산악 지대를 통틀어 일컫는 말이기도 하다. 광대하고 압도적인 산세는 사계절 만년설로 덮여 그 신비감으로 쉴 새 없이 여행객을 불러 모으고 산 아래 끝없이 펼쳐진 평화로운 푸른 초원에는 갖가지의 야생화들이 피어나 보는 이들로 하여금 경탄을 하게 하고 자연 속에서 쉼과 여유를 제공한다. 우리는 어릴 적에 알프스의 풍광을 사진이나 엽서를 통해 보며 감탄하였지만 실제 이곳에 와서 그 전체 모습을 마주하면 비교할 수 없는 더 큰 매력과 광대한 아름다움을 느낀다. 이런 이유로 알프스는 스위스를 전 세계에 알리는 데 가장 큰 역할을 한 상품이기도 하다.

멘리헨 산 정상(Mannlichen, 2,342m)에서 바라본 융프라우 주인공 세 봉우리. 왼쪽부터 아이거(Eiger, 3,970m), 묀히(Monch, 4,107m), 융프라우(Jungfrau 4,158m). 알프스 하이킹에 대한 기대로 가슴을 뛰게 만들었던 모습이다.

약 100여 년 전, 아직 철도 기술과 토목공사 기술이 잘 발달하지 못한 시대였지만 스위스인들은 특유의 도전 정신으로 알프스의 아이거와 묀히 봉우리의 거대한 암벽에 터널을 뚫고 철로를 깔았다. 그리고 융프라우를 가장 가까이서 보기 위한 전망대를 만들었다. 이것이 바로 융프라우 봉우리 아래에 있는 융프라우요흐(Jungfraujoch, 3,454m) 전망대이다. 그리고 그들은 이곳을 가리켜 '유럽의 지붕(Top of Europe)'이라고 명명했다. 전망대에 서면 눈앞에 딱 펼쳐진 거대한 알레치 빙하(Aletschgletscher)와 만년설이 남녀노소 누구나 알프스 설국의 환상 속으로 빠져들게 한다.

나는 행운이 있어 몇 차례 유럽 여행 기회를 가졌었다. 그때마다 비싼 대가를 지불하고 융프라우요흐 전망대를 찾았다. 첫 감격이 컸었기 때문이기도 했다. 그러나 늘 좋은 날씨로 알프스가 여행객을 맞이하는 것만은 아니다. 어떤 날은 지독한 산안개에 가려 아무것도 보지 못하고 안개 속에 헤매다가 발걸음을 돌린 적도 있었다. 이런 날은 아쉬움이 너무 커서 어쩔 수 없이 하루를 더 머물기도 했다. 그리고 날씨가 쾌청했던 날은 하산하는 기차에서 반드시 도중에 내려 알프스를 하이킹하며 평화로운 푸른 초원 지대를 온몸으로 느끼며 내려왔다. 그때의 기분과 감정은 마치 천상을 걷는 느낌이었다. 동심으로 돌아가서 가슴을 뛰게 하는 경이로운 경험이었고 대자연 속에 묻힌 내 스스로가 행운아임에 행복해했다. 백설의 산봉우리도 신비스럽지만 그 아래 끝없이 펼쳐진 푸른 초원 위를 딸랑거리는 방울 소리와 함께 유유자적 풀을 뜯는 소들의 무리와 이름 모를 갖가지의 예쁜 야생화들이 바람결에 하늘거리는 아름다운 풍경 속을 걷는다는 것은 스위스 여행이 주는 최고의 즐거움이었다. 그 시각은 세상 속의 모든 생각들과 시름을 잠시 잊고 나 자신의 모습을 스스로 보게 하는 여행이 주는 기능적 효과까지도 얻게 한다. 그래서 이곳이 비록 낯선 이방의 땅이기는 하지만 알프스 여행의 실속은 하이킹을 통해 나 자신의 삶에 쉼표, 느낌표를 하나 더 만드는 데 있고 알프스 융프라우는 이 길에 매력 있는 충분한 가치를 제공한다고 생각한다.

출처: 스위스 관광청(www.myswitzerland.com)

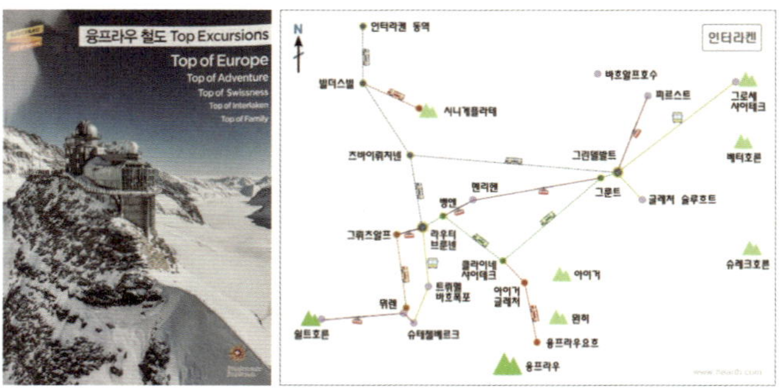

출처: 동신항운(jungfrau.co.kr), http://www.ttearth.com

　　융프라우 하이킹은 스위스 자유여행이 주는 최고의 기쁨이고 평생의 추억이다. 좋은 하이킹을 위해서는 이 지역에 대한 사전 정보가 필요하다. 우리나라 융프라우 철도 총판인 동신항운에서 발행하는 안내 잡지(융프라우 철도 Top Excursions)와 스위스 관광청 홈페이지에서 배포하는 스위스 걷기 여행 한국어판을 다운받아 보면 충분하다. 이곳에는 상세한 설명과 아름다운 사진들로 스위스 여행에 대한 기대를 잔뜩 가지게 한다.

오늘 우리의 일정은 여행의 출발지인 인터라켄 동역(Interlaken Ost)에서 라우터브룬넨(Lauterbrunnen)행 BOB(Berner Oberland bahn) 등산 기차를 타고 20여 분 후에 라우터브룬넨에 하차한다. 여기서 클라이네사이덱(Kleine Scheidegg)과 융프라우요흐를 향하는 WAB(Wengenalpbahn) 기차를 갈아타고 15분 정도 가다가 중간 마을인 벵겐(Wengen)에서 하차하게 된다. 벵겐까지는 스위스패스 소지자는 무료이다. 벵겐은 알프스의 보석 같은 산악마을이요 무공해 청정마을로 고급스런 휴양지이다. 이 마을의 기차역 뒤편으로 돌아가면 멘리헨(Mannlichen)으로 가는 케이블카 탑승장이 있는데 여기서 스위스패스로 50% 할인된 티켓(11프랑)을 끊어 10여 분 만에 해발 2,243m의 멘리헨에 도착하는 것이다. 그리고 계획된 하이킹 코스는 이곳 멘리헨에서 클라이네사이덱까지인데 거리는 약 4.3km 정도이고 소요 시간은 1시간 30분 정도에 불과하다.

인터라켄 동역에서 출발하는 BOB 등산 기차와 라우터브룬넨 역사(驛舍)

융프라우로 가는 기차는 인터라켄 오스트(Ost, 동역)에서 출발한다. 융프라우에 가는 여행객은 오스트에서 기차를 탈 때 기차가 중간에 두 방향으로 나누어짐으로 본인이 가고자 하는 방향의 객차에 반드시 탑승해야 한다. 한 방향은 라우터브룬넨으로, 한 방향은 그린델발트(Grindelwald)로 가는 것인데 나중에 클라이네사이덱에서 만나게 된다. 두 마을 모두 아름답고 신비스런 알프스 산악 마을이다.

슈타우바흐 폭포(Staubbach Falls)

라우터브룬넨 기차역 뒤쪽으로 보이는 슈타우바흐 폭포(Staubbach Falls)는 라우터브룬넨 계곡의 300m 높이에서 떨어진다. 1779년 독일의 문호 괴테(Goethe)가 보고 영감을 받아 '폭포 너머 영혼의 노래'라는 시를 짓기도 했다고 한다. 지역의 명소가 된 이 폭포 외에도 이곳에 약 70여 개의 폭포가 있다고 한다.

벵겐 기차역. 경사가 높은 산을 오르기 때문에 기차 레일이 톱
니바퀴 레일이다.

벵겐 마을의 아름다운 집들

벵겐 마을의 케이블카 탑승장과 멘리헨의 케이블카 탑승장

　벵겐은 알프스 융프라우의 산속에 깊이 감춰진 보석과도 같은 마을이다. 관광 휴양지로 인기인 이곳은 청정마을로, 자동차 같은 교통수단이 없고 작은 전기자동차만 운행한다. 마을이 계곡 위에 존재하여 아랫마을인 라우터브룬넨을 바라보면 깊은 계곡의 장엄함이 한눈에 보이는 환상적인 풍경을 자랑하는데 이는 사계절 많은 여행객의 인기를 얻고 있는 이

벵겐 기차역 인근 전망대에서 바라본 라우터브룬넨 계곡과 알프스의 산봉우리들, 설산과 녹색 초원들이 만들어 낸 장엄하고도 거대한 한 폭의 그림이다.

유이기도 하다. 메아리가 돌아 올 듯한 계곡 위의 바로 맞은편에는 이곳만큼이나 보석 같은 마을 뮤렌(Murren)이 자리 잡고 있다. 뮤렌은 라우터브룬넨에서 쉴트호른 전망대로 오르는 중간에 위치한 그림 같은 마을이다.

1

알프스 하이킹
(멘리헨~클라이네사이덱)

멘리헨은 클라이네사이덱과 함께 융프라우에서 이름이 가장 많이 알려진 세 봉우리를 가장 가까이서 한꺼번에 바라볼 수 있는 최적의 전망소이다. 알프스의 웅장함과 아름다움을 실제 눈으로 마주 대하면 사진으로 느낄 수 없었던 더 거대한 아름다움과 감동을 준다. 흔히들 스위스 알프스는 사진의 한 컷마다 엽서 한 장이 된다고 하는데 결코 과장된 말은 아니다. 지구가 아름다운 것이 바다와 땅을 뒤덮고 있는 대자연의 아름다움일진대 스위스 알프스는 눈 덮인 산악과 푸른 초원의 매력으로 아름다운 지구를 만드는데 한몫하고 있는 것이다. 멘리헨에서 하이킹을 시작하면 기차역이 있는 클라이네사이덱까지는 4.3km이고 1시간 30분 정도 소요된다. 그 시간 동안은 하늘 위를 걷는 천상의 하이킹이 되는 것이다.

멘리헨 도착 후 케이블카 탑승장에서 본 알프스의 첫 모습. 대자연의 원대함과 경이로움
이 느껴진다.

스위스에는 곳곳에 국기를 많이 게양해 놓았다. 산 정상에는 당연하고 건물에도, 유람선
에도 펄럭이는 붉은 국기는 주위의 푸른 산, 흰 눈과 잘 어울리는 그림이 된다.

멘리헨의 모습. 탑승장, 매점 등이 있다. 이곳은 융프라우 지역의 유명한 알프스 세 봉우리를 모두 담을 수 있는 최적의 장소로 왼쪽부터 아이거, 묀히, 융프라우 정상이다.

깊은 절벽으로 이루어진 라우터브룬넨 계곡이다. 아래는 라우터브룬넨 마을이, 위에는 뮤렌이 있다.

왼쪽 산 정상이 '젊은 처녀'라는 뜻의 융프라우 봉우리다.

출처: 스위스 관광청(www.myswitzerland.com)

　　하이킹 중 우연히 스웨덴 국왕 일행의 멘리헨 방문 모습을 목격했다. 정장을 말쑥하게 차려입고 누가 보아도 귀빈으로 여겨지는 일행들이 요란한 공군 헬리콥터의 굉음 아래 살포시 산 정상에 내려앉아 미리 준비된 영접 테이블로 이동하여 사방을 두리번거리며 알프스의 풍광을 체험하는 듯했다. 이들에게도 알프스는 바쁜 방문 일정 중에라도 잠시 틈을 내

하이킹 코스는 경사가 작고 길을 잃을 염려도 없으며 남녀노소 누구나 가능하다.

어 오고 싶은 장소였을 것이다. 느낌이 있고 감정이 있는 사람들이라면 빈부귀천을 막론하고 비록 잠시라도 푸른 알프스 대자연의 품에 안겨 보고 싶은 바람이 있는 것이다.

하이킹을 위한 이정표

아름다운 것은 영원한 즐거움, 저 멀리 그림 같은 그린델발트 마을이 보인다.

앞에 마주 선 봉우리가 직벽으로 유명한 아이거(Eiger)다.
이 길을 따라 오른쪽으로 돌아가면 목적지 클라이네사이덱이 나온다.

하이킹 중에는 멀리 그린델발트(Grindelwald) 마을이 눈에 들어온다. 그림 같은 이 마을은 라우터브루넨, 벵겐, 뮤렌 등과 함께 알프스의 보석 같은 마을들 중 하나이다. 예전에 이곳에 숙박했을 때의 기억이 되살아난다. 수십 년이 넘는 스위스 전통가옥인 샬레(Chalet)풍 세모 집들이 츠원에 점점이 흩어져 있는 산악마을로 창과 마당에 색색깔 꽃들을 피워 눈을 화려하게 밝혀 주던 마을이다. 이곳 마을들은 소음도, 오염도 없는 청정 환경을 방문객들에게 선물하기 위해 문명의 혜택을 스스로 내려놓고 불편함을 감수한 채 살아가는 따사로운 마음이 느껴지는 곳이기도 하다.

고산지대임에도 불구하고 길에는 작은 풀꽃들이 피어 손님들을 맞아 준다. 길은 누구나 쉽게 걸을 수 있는 편안한 코스라서 그런지 유모차에 어린 아기들을 태우고 나온 젊은 부부도 보였다. 오늘같이 화사한 날씨

를 만난 것도 정말 운이 좋은 것이다. 연로한 어른들이 하이킹 도중에 쉼터에 앉아 내리쬐는 밝고 따사로운 햇살을 받으며 알프스의 장관을 바라보는 모습이 참 평안하고 여유로워 보인다.

융프라우 봉우리(4,158m)를 앞에 두고 하이킹하는 사람들

이처럼 거대한 산봉우리를 앞에 두고 보면서 걸을 수 있는 것은 행운이고 행복한 걸음이다. 스위스 융프라우는 세계의 알짜 명소다. '신이 빚어낸 알프스의 보석'이라는 칭송을 받으며 여행자들의 로망이며 세계인의 귀에 박힐 정도로 익숙해진 곳이다. 융프라우는 아이거, 묀히와 더불어 융프라우 지역의 3대 봉우리 중 최고 형님뻘이지만 이름에 담긴 뜻은 아이러니하게도 'Jung(젊은) frau(처녀)'다. 그러나 수줍은 처녀처럼 그 아름다운 모습을 드러내는 날은 그리 많지 않다. 산 아래 인터라켄의 날씨

가 화창하더라도 융프라우는 만년설에 덮인 자신을 구름 속에 열었다 닫 았다를 하는 경우가 다반사다. 그래서 그의 맑게 갠 모습을 만나는 것은 일종의 행운이고 그가 주는 선물이다. 빼어난 알프스의 고봉들이 즐비한 가운데 융프라우는 알프스 최초로 2001년 유네스코 세계자연유산으로 지정됐다. 융프라우와 더불어 산줄기 사이로 뻗은 알레치 빙하도 자연유 산에 같이 속한다. 흥미로운 것은 이 변화무쌍한 날씨가 등재 이유 중 하 나라는 것인데, 유네스코 목록에는 빼어난 산세, 빙하와 함께 끊임없이 바뀌는 날씨 변화를 등재 사유로 적고 있다고 한다. 유럽 사람들이 정상 에 느긋하게 머물며 산세와 더불어 시시각각 변하는 날씨를 음미하는 것 도 융프라우의 또 다른 매력이라는 것이다. 융프라우요흐에는 천문대와 연구소도 들어서 있고 이런 이유로 유네스코는 융프라우가 유럽의 예술, 문학, 등반, 여행에 큰 몫을 하고 있다는 점을 높이 사고 있다.

우리처럼 먼 외국에서 온 여행객들은 시간에 늘 쫓기기 마련이다. 그러 나 다른 일정에서 시간을 줄여서라도 스위스 여행의 백미인 알프스 하이 킹을 권하고 싶다. 그리고 어차피 알프스 하이킹이라면 융프라우를 추천 하고 싶다. 스위스에는 만 킬로미터가 넘는 하이킹 코스가 있다고 하는

데 모두 경험해 보기는 어려울 것이다. 예전에 여행했던 체르마트의 마테호른 하이킹도 아름다웠지만 산을 품고 있는 초원의 아름다움은 융프라우가 단연 화려하고 생명력이 넘친다. 모처럼 얻은 여행 기회에 눈으로만 만족케 하는 기차만 타지 말고 온몸으로 느끼는 여행이 되기 위해서는 시간을 내서라도 하이킹을 적극 주문한다. 왜냐하면 이곳은 하이킹의 천국이고 마치 천상(天上)을 걷는 감동을 주기 때문이다. 아무런 어려움 없이 뒷동산을 걷는 것처럼 편하게 걸을 수 있고 눈 덮인 산과 끝없이 펼쳐진 푸른 초원은 걷는 이를 황홀하게 한다.

하이킹 중에는 수시로 변하는 하늘과 자연의 조화를 느낄 수도 있고 풀을 뜯는 소의 목에서 달랑거리는 방울 소리(트라이셀, 스위스 전통 워낭)도 낭랑하게 들을 수 있다. 깊고 푸른 계곡과 보석 같은 갖가지 야생화들로 끝없이 이어지는 알프스 푸른 초원은 누구나 감탄에 젖게 만드는 신비를 가지고 있다. 융프라우 지역에는 이처럼 안전하게 걸을 수 있는 하이킹 코스가 다양하게 마련되어 있는데 개인 취향과 난이도에 따라 선택 가능한 코스가 70여 개나 되고 곳곳에는 난이도와 함께 다음 목적지까지의 거리와 소요 시간 등이 적힌 표지판이 있어 길을 잃을 염려도, 위험한 일을 당할 일도 없다. 그래서 주말이면 유행처럼 산에 몰리는 등산 애호가가 많은 우리나라 국민으로서 가끔 하이킹의 천국 스위스로 한 번쯤 눈을 돌려 보는 것도 꼭 사치라고만은 할 수 없을 것이다.

알프스의 3대 봉우리 하면 유명한 몽블랑(Montblanc, 4,810m), 융프라우(Jungfrau, 4,158m), 아이거(Eiger, 3,970m)를 이야기한다. 4,000m도 채 안 되는 아이거가 유명한 이유는 정상 정복이 그만큼 어렵기 때문이다. 특히 아이거 북벽은 1,800m에 이르는 직벽으로 전 세계 알피니스트들이 한 번쯤 도전하고 싶어 하는 꿈의 봉우리이다. 그랑조라스, 마테흐

른과 함께 알프스의 3대 북벽 가운데 제일
마지막에 정상을 허락했을 정도로 등반하
기 힘든 루트다. 그동안 아이거 북벽은 60
명이 넘는 산 사람들의 목숨을 앗아 갔다.

그래서 클라이머들의 공동묘지라고 부르기도 한다. 우리가 잘 아는 의류
상표 노스페이스(North Face)가 아이거 북벽을 말하는 것이다. 1938년 독
일과 오스트리아 연합 등반대에 의해 처음 정복되었고 우리나라는 1979
년에 처음으로 아이거 북벽 등정에 성공했다. 그래서 클라이네사이덱의
호텔 앞에는 태극기가 자랑스럽게 휘날리고 있는데 이곳에는 아이거 북
벽 등정에 성공한 나라의 국기만 게양되어 있다.

이렇게 오랜 세월 클라이머들의 도전이 끊이지 않는 아이거 북벽이 '즈음의 벽'이라 불리는 것은 무엇보다 북벽으로 푄(Fohn) 현상을 일으키는 기류가 넘나들면서 예고 없이 국지적 폭풍을 유발시키고 그 결과 폭우오 눈 녹은 물로 젖은 암벽이 갑작스런 혹한에 의해 살얼음으로 뒤덮이기 때문이다. 여기에 폭설이 내릴 때는 물론 눈이 녹아내릴 때에도 끊임없는 낙석과 낙빙, 낙수가 쏟아져 내리고 시도 때도 없이 낙뢰가 치면서 공포 분위기를 조성한다고 한다. 이러한 자연적인 험난함 때문에 많은 클라이머들이 목숨을 잃은 것이다.

클라이네사이덱 기차역

이곳은 인터라켄에서 그린델발트나 라우터브룬넨을 거쳐 올라 온 기차가 멈추는 정거장이다. 이곳에서 다시 산악기차로 유명한 JB(Jungfraubahn)

융프라우 바로 아래 자리 잡은 클라이네사이덱(Kleine Scheidegg, 2,061m). 오늘 하이킹의 목적지이다. 기차역과 호텔, 매점 등이 있고 겨울엔 스키의 천국으로 변하는 곳이기도 하다.

빨간 기차를 갈아타고 전망대가 있는 융프라우요흐로 간다. 융프라우요흐로 가기 위해서는 도중에 유명한 긴 암벽 터널 즉, 아이거와 묀히의 산 내부를 뚫고 만들어진 터널과 아이거 전망대를 지나게 된다. 전망대에서 이 암벽을 뚫고 만들어진 터널의 역사를 보게 되면 누구나 이 터널이 토목공사에 있어 위대한 인간 승리였음을 알게 된다. 뿐만 아니라 암벽을 수직으로 관통하는 전망대의 엘리베이터 역시 그냥 만들어진 시설이 아니라는 것을 알게 된다. 그런 융프라우요흐 전망대 관람 후 이곳 클라이네사이덱으로 내려오면 대부분의 여행객은 다시 돌아가는 기차를 타고 내려가지만 실제 이곳은 다양한 하이킹 코스가 시작되는 최적의 출발지인 동시에 목적지가 된다. 클라이네사이덱은 융프라우의 핵심 세 개의 봉우리를 가장 가까이서 얼굴을 맞댈 수 있는 최적의 장소이며 산봉우리를 바라보는 여행객 누구에게나 평생 지울 수 없는 추억의 한 장면을 연출해 준다.

클라이네사이덱의 빨간 기차는 끊임없이 초원 지대를 가르며 융프라우요흐 전망대로 여행객들을 실어 나른다. 우리는 야외 카페에서 늦은 점심을 해결하기 위해 두리번거렸더니 여기서도 신라면을 판매하고 있는 것이 아닌가. 가격은 한 개에 만 원이 넘었지만 따끈한 컵라면과 빵으로 알프스의 절경을 감상하며 배고픔을 해결하는 행운을 누렸다. 언제 이런 날이 다시 오게 될는지 새로운 기대와 아쉬움을 함께 교차시키며 오늘의 무사 하이킹과 온화하고 맑은 좋은 날씨에도 감사했다. 이곳에서 인터라켄으로 내려가는 기차를 타면 벵겐까지는 스위스패스 적용이 되지 않아 1인당 16프랑의 요금을 지불하게 되는데 겨우 10여 분 남짓의 탑승 시간 치고 요금이 너무 비쌌다. 사실 여행객의 입장에서 융프라우 여행의 단점이라면 비싼 기차 요금을 들 수 있다. 뿐만 아니라 스위스의 살인적 물가는 세계적으로 유명하여 여행을 주저하게 만드는 이유가 되기에도 충분하다. 스위스패스나 유레일패스를 구입하지 않은 사람은 융프라우요흐 왕복 요금이 200프랑이나 되고 패스 소지자도 할인하여 130프랑이 넘는다. 이러니 이 비싼 가격을 치르고 산에 올라갔는데 그날따라 구름이나 안개가 잔뜩 끼어 아무것도 구경하지 못한 채 허탕만 치고 내려오면 얼마나 억울할 것인가. 그래서 인터라켄에서 전망대로 가는 기차를

타기 전에는 반드시 역 대합실에 설치되어 있는 산 정상의 라이브 캠 화
면을 잘 확인해서 판단해야 한다.

산악마을 그린델발트(Grindelwald)와 융프라우요흐 전망대에서 본 알레치 빙하

　　알프스 푸른 초원 지대에 잘 갖추어진 하이킹 코스들, 여전에 목동들이 소를 방목하며 다니던 작은 길들이었을 것이다. 이제는 광대한 융프라우 알프스의 모습을 보며 하이킹을 즐기기 위해 전 세계에서 오는 사람들로 붐비고 넓은 알프스 초원은 그들을 품어 대자연의 쉼과 여유를 느끼게 한다. 이곳 철도 종사자의 말에 의하면 여행객 100명 중 99명은 기차로 전망대에 올라와 경치를 둘러보고 그대로 내려가지만 하이킹을 해서 융프라우를 즐기려는 목적으로 오는 사람은 1명 정도뿐이라고 한다. 그러나 시간이 흐르면 눈으로 보는 관광에서 몸으로 느끼며 즐기는 여행으로 바뀌지 않을까 하는 생각이 든다. 이곳은 2,000m 이상의 고산지대 특성상 초원은 빛이 약간 바랜 갈색의 빛을 띠고 있고 자세히 보면 형형색색의 꽃들을 피워 스스로 알프스의 주인답게 자태를 드러내고 있다.

　　하산하는 도중 기차 안에서 중년의 한국인 두 부부의 옆자리에 앉게 되었다. 한 부부는 멀리 순천에서 오신 분들이었다. 융프라우요흐를 관광하고 내려오는 길인데 알프스에 대한 경탄을 금치 못했다. 주제넘게도 다음에 기회가 되어서 한 번 더 오시면 그때는 꼭 하이킹을 해 보시라고 말해드렸다. 세상 만물은 임자를 따라간다는 말이 있다. 돈은 돈을 아는 사람에게로, 사람은 자기를 알아주는 사람에게로 땅속에 묻혀 있는 금이나 보석도 그것을 아는 사람에게로 간다고 한다. 그리고 행복도 행복을 아는 사람에게로 간다고 한다. 융프라우를 알고 그 신비 스러움을 나의 추억으로 삼으면 비록 몸은 떠나 있을지라도 나도 또 한 명의 융프라우의 주인이 아니겠는가 하는 생각이다.

2

알프스 하이킹
(아이거글레처~클라이네사이덱)

　아이거글레처(Eigergletscher, 2,320m)는 융프라우요흐에서 하산하는 빨간 등산기차가 약 7km나 되는 암벽 터널을 빠져나와 첫 번째로 정차하는 기차역 이름이다. 이곳에서 시작되는 하이킹 코스가 '아이거 워크(Eiger Walk)'인데 아이거 북벽 아래 클라이네사이덱 평원으로 이어지는 2.1km 구간으로 시간은 1시간 정도 소요된다. 이 코스는 내리막길이지만 경사가 완만하고 넓어 체력 부담이 전혀 없고 특히 초원 위의 야생화가 만발한 초여름엔 유유히 풀을 뜯는 소 떼들과 함께 영락없이 동화 속의 알프스가 된다.

하이킹의 시작점 아이거글레처 기차역과 하이킹 코스 주변에 만발한 야생화 초원

하이킹 도중에 푸른빛을 자랑하는 맑은 호수가 하나 있는데 이름이 팔보덴 호수(Fallbodensee)이다. 이 호수는 겨울철 이곳 스키장에 눈이 부족할 때 인공 눈을 만들기 위하여 조성된 인공 호수라고 하는데 호숫가 벤치에 앉아 산봉우리들을 바라보며 휴식을 취할 수 있다. 거리상으로는 1시간 코스지만 구경하다 보면 몇 시간이 걸릴지 모르는 환상적인 코스이다. 고산지대라 초원으로만 이루어진 지형으로 사방이 탁 트여 있어 맑은 날 먼 곳까지 아름답고 눈 덮인 산봉우리들을 볼 수 있다.

인공적으로 만들어 놓은 팔보덴 호수(Fallbodensee)와 멀리 보이는 클라이네사이덱

알프스의 야생화들로 만발한 초원. 그냥 지나치기가 아까울 정도다.

알프스를 한 품에, 아름다움을 가득 채워 순 장자(莊子)가 논했던 물아일체(物我一體)란 간의 황홀경이 펼쳐지는 곳이다.　　　　말을 생각나게 하는 곳이기도 하다.

거대한 자연 앞에서는 누구나 동심(童心)이 된다. 아름다운 알프스.

알프스를 걷는 것은 편안하고 즐겁다. 어린이 손님도 거대한 산은 반갑게 맞이한다. 아이들에게 아름다운 광경을 보여 주고 싶은 부모의 마음인지, 아니면 부모가 알프스를 보고 싶어 데리고 나온

건지, 어찌 되었든 귀여운 어린이들도 한순간 알프스의 소중한 주인공이 된다. 남녀노소를 막론하고 이러한 서로의 어울림은 인간의 마음과 대자연이 하나로 소통되기에 가능한 것이다. 그저 눈으로 스치고 지나가 버리면 추억만 남지만 길을 걷다 보면 문득 자연을 온전히 담기 위해서는 우리의 마음을 비울 수밖에 없다는 깨달음이 또 다른 숙제로 남게 되는 것을 알 수 있다. 스위스는 천혜의 풍광을 관광자원으로 그저 받았지만 이를 지금껏 보존하고 가꾸고 다듬은 수고도 정말 많았을 것이다.

인터라켄에 도착하였더니 온 시내가 행사로 시끌벅적하다. 무슨 행사인가 하였더니 매년 9월 이곳에서 개최되는 유명한 융프라우 마라톤 행사였다. 마라톤은 인터라켄을 출발하여 라우터브룬넨을 거쳐 알프스를

올라 결승점인 클라이네사이덱까지라고 한다. 일반인들의 경기는 이미 끝난 것 같았고 씩씩한 꼬마 마라토너들이 출발을 대기하고 있었다. 어른들의 격려와 환호 속에 축제장의 분위기는 무르익어 있었고 낯선 이국인들의 함성과 환호 소리를 이해할 수는 없었지만 기분만큼은 느낄 수 있었다. 시간의 흐름도 멈춘 듯 맑은 하늘 아래 멀리 융프라우 봉우리는 여전히 순백의 아름다운 모습으로 빛나고 있었다.

이제 인터라켄을 떠나야 할 시간이다. 머물지 않고 떠날 수 있는 것이 여행객에는 행복한 일인지도 모른다. 기차역 건너 쿱(Coop)에서 저녁거리를 준비하여 배낭에 담은 후 베른(Bern) 공항이 위치한 벨프(Belp) 마을로 향하는 기차에 몸을 실었다.

제9장

여덟째 날(9.9)
고풍(古風)이 아름다운 도시
베른(Bern)

어제 저녁 무렵 인터라켄을 떠나 들판을 가로질러 달린 지 한 시간이 채 못 되어 도착한 벨프(Belp) 마을. 큰 기차가 달랑 몇 명의 승객만을 태우고 도착한 이곳은 스위스의 수도인 베른(Bern) 근처의 작은 시골 마을이다. 베른 공항이 있는 곳이기도 하다. 인적도 거의 없는 정말 한적한 시골 마을이었다. 몇 채 되지 않는 집들은 꽃을 피워 아름다움을 더 하게 하고 깔끔하게 단장되어 있었다. 우리의 시골처럼 농사를 짓는 흔적은 찾아보기 어려웠다. 이런 곳에는 또 어떤 사람들이 사는지 호기심이 생기곤 했다. 마을을 한 바퀴 둘러보았지만 대면할 수 있는 사람은 없었고 저

녁 석양에 고즈넉이 흐르는 시간만 보냈다. 이곳에서 숙박하게 된 특별한 이유는 없고 호텔을 검색하다 보니 이 호텔이 최근에 문을 열었고 버른까지 연결 교통편도 좋았다. 여행객으로서 화려한 도시의 불빛도 좋지만 조용한 시골의 정취도 느껴 보고자 스위스의 마지막 밤을 청하기로 했다. 호텔은 기차역 바로 인근에 있어 이동에 편리하고 좋았다.

호텔에 도착한 시간은 저녁 6시경이었다. 아직도 해는 환한데 호텔의 직원은 모두 퇴근하고 아무도 없었다. 멋도 모르고 사람이 올 때까지 무작정 기다렸는데 나중에야 이게 아니구나 하는 생각이 들었다. 주위를 살펴보니 호텔 자동 체크인 기계가 있었는데 무슨 말인지 알 수가 없어 주위에 사람이 있는지 살펴보아도 사람 한 명 나타나지 않았다. 이런 일이 외국 여행하면서 당하는 어려움인가 보다 하고 기계 앞의 무지함을 어떻게 해결할까 고민만 하고 있었다. 시간이 좀 지난 후 갓 결혼한 듯 신혼으로 보이는 중동 국가의 젊은 부부가 아내는 히잡을 둘러쓴 채 커다란 캐리어를 끌고 로비에 들어왔는데 저들도 처

스위스 여행의 마지막 밤을 보낸 하인 아돈 호텔(Hine Adon Hotel)

음엔 어리둥절하다가 마침 체크인 기계 옆에 적힌 전화번호를 보고 전화를 하더니 예약자 이름, 패스포드 번호, 예약 번호 등 몇 가지를 입력하니 신기하게도 객실 카드키가 반출되었다. 나도 뒤따라 해 보니 별로 어렵지 않았는데 허둥거린 내 스스로가 어색했다. 도와준 젊은 부부는 아랍에미리트(UAE)에서 온 부부였고 그들과 악수를 나누고 고맙다는 말을 한 후 객실로 올라왔다. 문제는 여행 시 수시로 이런 난처한 상황들이 발생하는데 대부분은 이리저리 궁리하다 보면 잘 해결되는 것들이고 가끔 타인의 도움을 받아야 할 때 말이 통하지 않아 겪는 어려움이 있다. 역시 외국어 소통 능력이 참 중요하구나 하는 생각이 간절하였다. 자유여행에 대한 막연한 두려움이 바로 여기서 시작되는 것이 아닌가 하는 생각이 든다. 가끔 구글 번역기를 사용해 보기도 하지만 그래도 틈틈이 영어 회화의 기초만이라도 익혀 놓으면 좋을 듯싶다.

이 호텔은 가족 단위로 묵을 수 있는 아파텔(Aparthotel)이었다. 지은 지 얼마 되지 않아 모든 것이 깔끔하고 만족스러웠고 조리도구들도 잘 구비되어 있었다. 인근에 음식점이나 상점이 없어 먹을거리를 미리 준비해

와야 했는데 우리는 아직 햇반과 몇 개의 반찬 통조림이 있어서 이참에 모두 소비하면 될 것 같았다. 인터넷에 보니 요사이 증가하는 가족 단위 여행객들이 매 끼니마다 식당에서 현지 음식을 먹기에는 비용도 문제지만 또 입에 맞지 않아 불편하니 미리 햇반과 반찬류를 준비하고 이런 아파텔을 이용하여 먹고 자는 문제를 한꺼번에 해결한다고 하니 좋은 방법인 것 같다. 아파텔은 호텔에 비해 가격도 조금 저렴한 편이다. 우리는 1박에 한화로 약 16만 원을 지불하였고 가족 단위로 이용하면 더 경제적일 것이다. 앞으로는 우리말이 나오는 네비게이션이 부착된 렌터카를 빌리고 이런 아파텔에 숙박하며 유럽 전역을 여행하는 가족 여행객 수가 많이 늘어나지 않을까 예상된다.

스위스 수도 베른의 기차역 광장

9월 9일 토요일 아침, 오늘은 스위스에서의 마지막 날이다.

여행의 끝자락에서 피곤했는지 아침에 9시가 되도록 늦잠을 잤다. 시간이 아깝기는 하지만 시간에 구애를 받지 않으니 쫓기지 않고 여유롭게 가고 있다. 아침에 동네 산책이나 할 겸 호텔을 나와 마을을 이리저리 돌아다녀 보았다. 어제처럼 여전히 조용하고 숙연한 분위기에 마치 내가 이 동네의 주인이라도 된 양 행세를 하고 다니는 기분이다. 역시 마을에는 사람들이 많이 살아 북적거려야 활기가 넘치는 법, 우리나라 시골도 별반 다를 바가 없을 것이다. 호텔로 돌아와 지금껏 캐리어에 싣고 다녔던 햇반, 통조림 김치, 깻잎, 포장 김, 여행 중에 산 사과, 야쿠르트 등으로 푸짐한 아침 식사를 했다. 그리고 호텔에 마련된 홍차를 끓여 마시면서 여유를 즐겼다. 느긋하게 여유 잡고 호텔을 나서니 해는 중천에 떠 있었고 11시 5분 기차를 타고 베른으로 향했다.

출처: www.myswitzerland.com

　베른에 도착하기 조금 전부터 여행 중 오랜만에 아주 약한 비가 내렸다 그쳤다를 반복했다. 맞아도 될 것 같기도 했지만 일단 우산을 먼저 챙겼다. 실제 여행 중에 내리는 비는 불편하기만 할 뿐 도움은 안 되는 건이다. 그러나 여행객의 뜻대로 되는 것은 아니니 하늘의 도움만 바랄 뿐이고 날씨가 좋을수록 여행도 편하고 즐거움도 배가되는 것이 사실이다. 기차에 내려 역사(驛舍) 안으로 들어서니 많은 여행객들로 북적였다. 일단 캐리어를 보관해 놓고자 역사 내의 물품보관소를 찾았는데 보관소 앞에 우리나라 대학생으로 보이는 딸과 어머니로 보이는 모녀가 서성대고 있었다. 반가워서 인사로 같은 민족임을 확인하고 좋은 여행 되시라고 권했다. 모녀는 유럽 여행 중인데 추측하기로 여행 계획은 똑똑한 딸이 다 준비했을 터이니 어머니는 손만 잡고 행복하게 잘 다니시면 되겠다고 생각했다. 문제는 물품보관소가 비어 있는 것이 없었는데 일단 다른 물품보관소가 있는지 돌아다녀 보았다. 캐리어를 끌고 시내 구경을 할 수는 없는 일이고 다른 곳에 있겠지 하는 생각으로 돌아다녀 보았지만 베른 역사(驛舍)에 다른 곳은 없었다. 결국 본래의 물품보관소에 혹시나 비워지는 것이 있을까 싶어 돌아왔는데 아까 만난 그 모녀가 우리를 찾았다고 하면서 기차역 사무실로 가면 짐을 맡길 수 있는 곳이 별도로 있다고 알려 주었다. 우리 사정을 아니까 이 사실을 알려 주려고 기다린 모양이었다. 고마운 일이었다. 현장에서 제공받은 좋은 꿀팁이었다. 그래서 여행은 볼 수 없었던 인간의 정(情)도 느끼게 하면서 비록 작더라도 유익한 정보에 민감해져야 함을 알았다.

베른(Bern)은 스위스 연방국가의 수도이다. 인구 약 14만 명으로 취리히, 제네바, 바젤에 이어 스위스에서 네 번째로 큰 도시다. 베른만큼 오랜 역사의 도시를 원형 그대로 보전한 곳은 드물 것이다. 스위스에서 가장 긴 에메랄드빛 아레(Aare)강이 휘감고 도는 베른 중심가의 아름다운 구(舊)시가지는 1983년에 유네스코 세계유산으로 지정되었으며 세계에서 가장 삶의 질이 뛰어난 10대 도시에도 이름을 올리고 있다. 중세부터 건축된 6km에 이르는 아케이드(arcade)는 유럽 최장의 길이를 자랑하는데 비 오는 날에도 우산 없이 편하게 쇼핑을 즐길 수 있다. 특히 시내 곳곳에 세워진 중세 분위기의 많은 분수와 역사적인 탑, 거의 같은 높이로 촘촘히 지어진 붉은 지붕의 집 등은 단아하면서도 매력적인 역사 도시를 실감케 한다. 작은 도시 전체가 푸른 숲에 둘러싸여 신비스러움을 더하고 있다.

기차역에 짐을 맡기고 역 광장으로 나오니 오고 가는 버스 정류장이 여러 군데라 헷갈리기 쉬웠다. 우리는 베른의 구시가지를 가장 잘 조망할 수 있는 최고의 전망 포인트라고 알려진 장미공원(Rosengarten)으로 가는 10번 버스를 타야 하는데 이럴 때는 더듬더듬이라도 물어보는 것이 가장 좋은 방법이다. 버스를 타고 10분이 채 못 되어 장미공원 정문에 도착했다.

장미공원(Rosengarten)으로 가기 위해 탄 트롤리 버스(trolley bus)와 장미공원 입구

　　버스는 작은 트램처럼 생겼는데 큰 덩치에도 좁은 2차선 도로를 이리 저리 잘 피해 다녔고 부착된 모니터는 운행되는 정류장을 알려 주어 매우 편리했다.

　그리 크지 않은 공원은 중국인 단체 관광객들로 북적이고 있었다. 조용하고 아늑하여 베른 시민의 휴식 공간 같은 이 공원엔 200여 종이 넘는 1,800그루의 장미가 자라고 있다고 한다. 화려한 장미의 계절은 이미 지났는데 아쉬운 듯 늦깎이 장미들이 꽃을 피워 지각생 자태를 뽐내고 있었다. 공원이 높은 지대에 있어 베른 시가지가 훤히 내려다보이는데 특히 고전풍의 붉은색 지붕으로 촘촘히 이어진 구시가지가 아름답게 눈에 들어왔다. 우뚝 솟은 베른 대성당의 첨탑이 도시 전체의 분위기를 잡고 있는 느낌이다.

아인슈타인 동상. 베른은 물리학자 아인슈타인(Einstein)이 살았던 곳이기도 하다.

장미공원에서 본 베른의 구시가지 전경. 중앙이 베른의 랜드마크인 대성당이다.

베른에서 알프스 융프라우가 멀지 않다. 맑은 날 멀리 눈 덮인 알프스를 볼 수 있다고 한다.

출처: www.myswitzerland.com

베른 시내 관광의 1순위 코스인 시계탑.
'지트글로게(Zytglogge)'라고 부른다.

시계탑의 앞과 뒤의 시계 모양이 다르다.

베른 구시가의 중심거리인 마르크트 거리(Marktgasse)는 여행객의 인증샷 포인트로 꼽히는 곳이다. 이곳에 도시의 상징이라 할 수 있는 시계탑(지트글로게, Zytglogge)이 자리 잡고 있기 때문이다. 시계탑은 마르크트 거리가 끝나는 교차로에 있는데 그리 높지 않은 탑으로 1220년경 베른의 서쪽을 지키는 최초의 수문장으로 세워졌다. 지금부터 800년 전에 세워졌으니 베른에서 가장 오래된 건물이자 명물이고 상징이며 표준시계이다. 시계는 1530년에 완성되었는데 그 당시 시내의 모든 시계들은 모두 이 시계의 시각에 맞추었다고 하며 천문시계로 별자리가 새겨져 있다. 매시 4분 전이면 시계에 장치된 인형이 자기 머리 위의 종을 울리기 위해 움직이기 시작하며 이어 베른의 상징 동물인 곰이 나타나고, 끝으로 시간의 신(神)인 크로노스(Kronos)가 모래시계를 뒤집어 놓으면 탑 꼭대기의 금빛 인형이 종을 망치로 두드려 시각을 알린다. 이 과정이 시계 소로 알려져 언제나 많은 관광객들이 모여드는 곳이다.

감옥탑(Kafigturm)

감옥탑은 1256년 이전에 건축되어 약 100년간 베른시의 서쪽 문으로 사용된 건물로 시계탑과 함께 역사가 800년 가까이 이른다. 이름은 1642년부터 약 250년간 베른시의 감옥으로 사용되었다고 해서 붙여진 이름이며 지금은 스위스 연방의 정치 관련 행사장으로 이용되고 있다고 한다.

스위스에는 분수가 많아 분수의 나라라고도 부른다. 베른에도 100개가 넘는 분수가 있다고 하는데 분수 한 개마다 제각각의 이름이 붙어 있고 내력이 있어 시내 여행 시 분수 산책이라는 말까지도 있다고 한다. 신기한 것은 시내 중심거리에 많은 인파로 모이고 그렇게 폭이 넓지 않은 도로의 곳곳에 분수마저 서 있는데도 빨간색 트램과 긴 버스들은 승객을 실어 나르기에 바빴고 보행 중인 사람들은 이리저리 잘도 피해서 다니고 있었다.

사격수의 분수. 시계탑 뒤쪽의 마르크트 거리 한가운데 세워져 있는 분수는 1500년대에 한스 기엥에 의해 세워졌다고 한다.

모세의 분수와 식인귀의 분수

베른의 중심거리인 마르크트 거리. 날씨는 흐렸지만 비는 그쳤고 거리로 나온 많은 인파
들과 여행객들이 겹쳐 사람 사는 세상의 활기가 넘쳤다.

12 Länggasse
Perron U

베른의 구시가는 도시 전체가 유네스코 세계문화유산이다. 베른의 중심을 흐르는 U자형의 아레(Aare)강은 과거 적들의 침입으로부터 베른을 보호하는 마치 성(城) 주위를 둘러싼 해자(垓子) 역할을 하여 베른을 난공불락의 도시로 만들었다. 그러나 1405년 발생된 대화재로 도시 대부분이 소실되어 황폐화되었는데 이를 계기로 불에 강한 석조 건물들이 차츰 들어서게 되었고 여기에 비가 와도 사람들이 젖지 않도록 튼튼하고 긴 회랑형 석조 아케이드까지 만들어 오늘날까지 그 원형이 유지되고 있는데 쇼핑하기 좋은 중심 상가를 형성한다.

도심 상가를 형성한 유명한 석조 아케이드(arcade)

비가 올 듯 흐린 날이었지만 주말이라 그런지 여행객이 많았고 그래서 시내는 즐거움이 더해지는 분위기다. 중세 베른의 모습이 온전히 남아 있는 구시가지 중심으로 쇼핑도 하고 점심도 해결하며 도시 구경 반, 사람 구경 반으로 시간을 보냈다.

　이날은 길거리 음악회도 열리고 중세 시대를 재현하는 다양한 행사들
이 시내 곳곳에서 열리고 있었다. 아마 베른시 600년 플래카드가 곳곳에
붙어 있는 것을 보면 매우 큰 행사인 것 같다. 그렇지 않아도 중세 시대의
냄새가 물씬한 이곳에서 사람들마저 중세의 복장과 기구들을 가지고 행
사에 참여하는 것을 보니 타임머신을 타고 몇백 년 전 과거로 돌아간 기
분이다.

　베른 대성당(Bern Munster)은 하늘을 찌를 듯 높이 솟은 고딕 양식의
첨탑으로 스위스 최대를 자랑한다. 종교개혁이 일어나기 전인 1421년에
건축이 시작되었으나 첨탑을 완공하지 못하고 무려 470년의 긴 세월을
보내다가 1893년에 비로소 화려한 모습으로 완공되었다.

　　성당 정문 앞 광장에서는 600년 행사가 열리고 있었는데 광장이 그렇
게 넓지 않았다. 성당의 정문 격인 파사드(facade)의 섬세함과 정교함이

특히 뛰어나고 내부는 높은 천장과 아름다운 스테인드글라스가 매력적
이다. 특히 100m 높이의 첨탑은 이 도시의 랜드마크이기도 하다. 우리는
첨탑에 오르기 위해 개인 입장료 5프랑을 내고 344계단이라고 알려진 첨
탑에 올랐는데 내려오면서 계단 수를 세어 보니 더 많은 354계단이었다.

　　대성당의 첨탑은 베른 시내를 조망할 수 있는 최적의 장소다. 계단 수
가 많아 오르기가 정말 힘들지만 아름다운 구시가지를 잘 조망할 수 있기
에 반드시 오르는 것이 좋다.

　첨탑을 거의 다 오르면 첨탑 바로 아래 1611년에 주조되었다는 거대한 종(鐘)이 있는데 그 당시의 기술로 높은 이곳까지 어떻게 운반했는지도 신기했다. 첨탑에서 시가지를 보면 스위스 어느 지역이나 마찬가지로 전체의 아름다움을 중요하게 여기듯이 이곳의 집들도 하나같이 같은 지붕 색깔에 비슷한 지붕 구조를 하고 있어 중세풍의 아름다움이 가득한 베른의 매력을 한층 더하고 있다. 이런 집들이 도심 곳곳에 마련된 푸른 숲들과 어울려 도시를 더욱 가치 있게 하고 여행객들의 호감을 산다. 이처럼 삶의 공간이 아름답고 평화로우면 어찌 좋은 주거 환경이 아니랴. 베른시의 모습을 보면서 예전에 어느 건설회사가 만든 아파트 광고 문구가 생각이 났다.

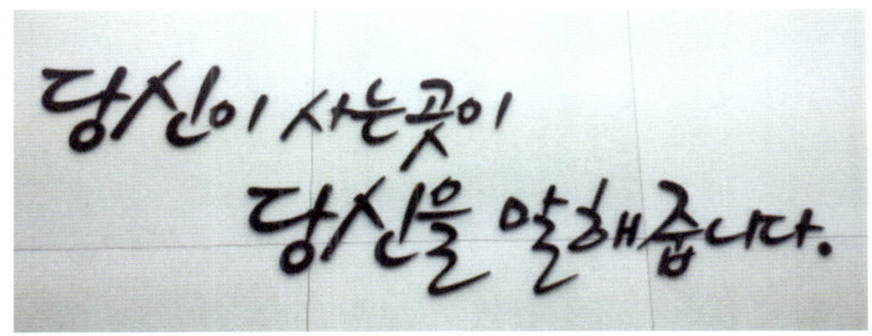

　이 광고는 당시 소비자들의 커다란 반향을 불러일으켰지만 역으로 천박한 물질주의라는 비판도 많이 받은 것으로 기억한다. 자신이 사는 곳을 좋게 만들려는 노력으로 인해 사는 곳이 좋아진다면 사는 곳도 사는 사람도 가치가 있을 것이다. 그러나 좋은 아파트를 살 수 있는 돈의 무게로 그 사람의 품격까지도 살 수 있는 것으로 의도되었다면 바람직하지 못하고 그런 상술에 소비자는 현혹되지 말아야 한다. 그러나 이곳처럼 아름다운 도시를 만들기 위해 시민들이 협력하고 도시의 가치를 보존하기 위해 노력한다면 이곳에 거주하고 있는 시민들은 존경받아야 할 것이고 우리도 그 자세를 배워야 할 것으로 생각된다. 인간이 만들어 낸 가치와 순수한 아름다움 뒤에는 항상 누군가의 노력과 수고가 있기 마련이다. 스위스는 세계적 선진국이고 우리도 이제 선진국의 문턱에서 입장을 기다리는 터, 선진국은 국가가 벌어들인 경제적 소득에도 연관되지만 선진 국민의 의식적 수준도 병행되어야 한다는 사실을 꼭 숙지해야 할 것이다. 유럽을 여행하면서 우리나라의 교통문화와 크게 차이 나는 것 하나가 보행자가 횡단보도를 건너갈 때 유럽의 거의 모든 차량은 반드시 일시정지한다. 보행자 우선을 확실히 지킨다. 그러나 우리나라는 민망하게도 횡단보도를 건너갈 때 차가 오면 거꾸로 보행자가 서서 차가 먼저 지나

가기를 기다린다. 차량 운전자도 별 위험하지 않다고 판단되면 보행자가 건너는 중에도 지나가 버린다. 차량이 횡단보도 앞에서 기다리는 경우가 이곳보다 드물다. 이런 작고 사소한 규칙 하나라도 지키려는 의식이 선진국으로 가는 시민 의식이 아닐까 생각한다.

베른 대성당을 나와서 인근에 아치형으로 생긴 키르첸펠트 다리(Kirch-enfeld Bridge)를 건너면 바로 베른 역사박물관이 나오는데 이 역사박물관은 같은 건물에 아인슈타인 박물관과 통합되어 있다. 이곳에 아인슈타인의 삶과 연구 업적에 관련한 자료들이 소장되어 있다. 이와는 별도로 아인슈타인이 결혼 후 가족과 함께 생활했던 크람가세(Kramgasse)의 2층집은 별도로 '아인슈타인 하우스'로 만들어져 개방 중인데 카페와 함께 그의 가정 생활상을 보여 주는 여행 코스로 되어 있다. 우리도 지역의 자랑스러운 인물들의 삶의 흔적들을 모아 개인의 역사박물관이나 기념관으로 만들어 놓으면 후세대들에게 본보기도 되고 나아가 그 지역 출신의 사람으로서 노블리스 오블리제(noblesse oblige)의 실천도 되지 않을까 하는 생각이 든다.

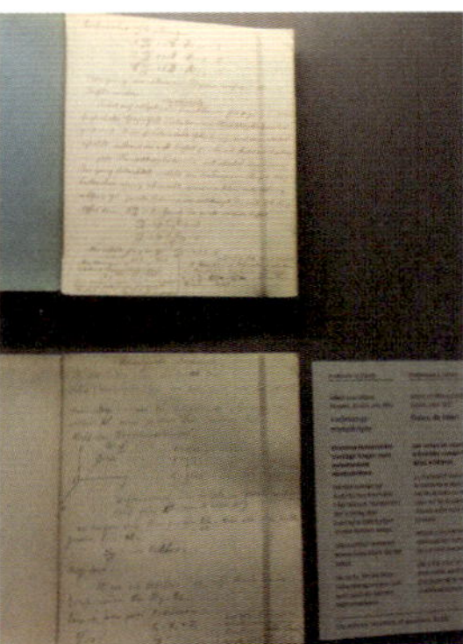

　알버트 아인슈타인(Albert Einstein, 1879~1955)과 베른 시(市)와의 인연은 1902년 그가 베른의 특허국에 일자리를 얻으면서부터 1909년 특허국을 그만둘 때까지다.

　1879년 독일의 울름(Ulm)에서 출생한 아인슈타인은 청소년 시절 독일 학교에서 적응하지 못하여 자퇴를 하고 자유분방한 학풍의 스위스로 와서 1895년 취리히 공과대학에 입학시험을 쳤으나 낙방했다. 하지만 남달리 뛰어난 수학과 물리학 실력을 인정받아 이 대학의 학장이 고등학교 졸업장을 따오면 입학시켜 주겠다는 배려를 해서 스위스 아라우의 아르고비안 칸톤(주립)고등학교에 진학하여 1년간 수학한 후 1896년 후 연방 공과대학 물리학과에 입학하게 된다. 대학에서 물리학과 수학 교사로 교육을 받았으나 홍미를 갖지 못하고 대학 졸업 후 1902년 그는 친구의 추천으로 베른 특허국의 3등 기술 전문 심사관으로 일자리를 얻게 되었다. 1903년 대학교 동창인 밀레바 마릭(Mileva Maric)과 결혼하였고 베른 크람가세(Kramgasse) 49번지 2층집에서 살게 된다. 그의 업무는 발명품의 특허를 심사하는 것이었는데 특히 유럽 철도의 중심지였던 베른의 특허국에는 철도와 시계 동기화에 관한 특허 신청이 많았다고 한다. 철도 교통에서는 멀리 떨어진 지역의 시계들을 정확히 동기화하는 것이 중요했기 때문이다. 이런 업무를 통해 그는 빛을 이용해 멀리 떨어져 있거나 움직이는 시계들을 서로 맞추고 동기화한다는 상대성 이론의 핵심적인 내용의 기초를 마련한 것으로 보인다. 뿐만 아니라 항상 정확성을 요구하는 베른의 명물인 시계탑을 지나며 시간과 물리학에 관한 생각들, 물체가 빛과 같은 속도로 달리면 어떤 현상이 나타날 것인가에 대한 생각에 골몰했다고 한다. 결국 그는 뛰어난 연구 역량을 보이며 1905년 특수 상대성 이론 등 중요한 논문들을 이곳 베른에서 발표하게 된다. 그 후 베른대학에서 강의를 하다가 1909년 특허국에 사표를 내고 이후 취리히 연방공과대학의 교수로 일하게 된다. 그가 베른에서 생활했던 시기는 그의 물리학 연구의 가장 핵심적인 시기였다고 할 수 있다.

베른은 도시가 크지 않아 도보로 다니면서 시내 구경을 충분히 할 수 있다. 호텔이나 기차역 관광 안내소에서 시내 지도를 미리 챙기고 관광 책자에 나와 있는 한국 식당도 알아 두면 필요 시 좋을 것이다. 우리는 시내 중심가 아이쇼핑으로 시간을 보내고 카페에서 빵과 따뜻한 우유로 여유도 부렸다. 흐리고 가끔 비가 내리는 날씨에도 고생 없이 즐겁게 아름다운 도시 베른의 일정을 마무리했다.

이제 베른역에서 짐을 찾아 기차로 1시간 10여 분 가면 취리히 중앙역(Zurich HB)을 지나 취리히 공항역(flughafen)에 도착하게 된다. 그리고

베른역에서 취리히를 거쳐 취리히 공항역으로

밤 10시 비행기로 스위스를 떠나 모스크바로 출발하면 여행의 즐거움을 선사하였던 스위스와는 작별하게 된다. 언제 또다시 이곳에 오게 될는지 기약은 없지만 여행이 있는 삶과 미래를 향해 꿈을 가지고 살다 보면 어린아이의 동심으로 돌아가고 싶은 어느 날, 추억의 행로를 따라 다시 거닐 수 있을 것이라 생각한다. 즐거움과 대자연의 감동을 한 움큼 안겨 준 아름다운 나라 스위스에서의 일정을 무사히 마무리하게 되어서 감사하고 기쁜 마음이 든다.

제10장

아홉째 날(9.10)
모스크바(Moscow)
붉은 광장 다녀오기

　귀국 항공편은 취리히에서 모스크바를 경유하여 인천공항에 도착하는데 우리는 모스크바 셰리미티예보 공항(Moscow Sheremetyevo Airport, SVO)에 도착한 후 약 18시간 정도의 대기 시간이 있는 스톱오버 항공권을 구매했다. 이 시간 동안 틈을 이용하여 말로만 들었던 모스크바 시내의 붉은 광장에 다녀오면 되겠다고 생각한 것이다.

　만석(滿席)이 된 아이에로플루트 항공은 취리히 공항을 밤 10시에 출발하여 어둠을 뚫고 모스크바 공항에 도착했다. 도착 시간은 새벽 2시 50분. 밤이 깊은 시각, 입국장은 한산했으나 수속을 마치고 나오니 밤늦은 여행객들로 제법 붐비고 있었다. 손님을 찾는 듯 우람한 러시아 택시 기사들이 호객 행위를 하기에 바빴다. 한밤이라 그럴까. 아직도 내가 가진 구소련의 경직된 이미지를 벗어나지 못해서 그럴까. 이 시간에 함부로 택시를 타기에는 멋모르는 여행객으로서 부담스러웠다. 사실 잠을 좀 자야겠는데 이곳에 호텔을 예약해 두지를 못했고, 비행기가 도착하는 시간까지 택시로 모스크바 시내 호텔로 가야 하는지 아니면 공항에서 그냥 다음 날 아침까지 노숙하며 버텨야 하는지 고민하던 중이었다. 단, 한 가지 가지그 있었던 정보는 모스크바 공항 내에 24시간 운영하는 일반 호텔과 또 작은 캡슐 호텔이 있다는 것이다. 일단 아무 호텔이나 찾아 보기로 하고 캐리어를 끌고 다니면서 근무 중인 공항 직원에게 물었더니 D 터미널 쪽으로 가면 호텔이 있다고 말해 주었다. 찾아간 호텔의 이름은 '래디슨 블루 흐텔(Radisson Blu Hotel)'이었다.

호텔은 새로 지은 지 얼마 되지 않은 것 같이 깨끗하고 예상외로 크고 매우 고급스러웠다. 프런트에 깔끔한 젊은 남녀 직원이 근무하고 있었고 몇 시에 체크아웃할 것인가 묻길래 아침 9시경 나갈 거라고 더듬더듬 이야기했더니 숙박비로 6,800루블, 우리 돈으로 약 13만 원을 결제하라고 했다. 예상보다 저렴했다. 뒤에 안 이야기지만 캡슐 호텔은 5~6만 원더로 더 저렴하다고 한다. 호텔 비용으로 보면 불과 얼마 전까지의 스위스보다 싼 물가가 피부로 느껴졌다. 객실을 안내해 주는 젊은 도우미 직원 하나가 우리 캐리어를 모두 끌고 객실까지 운반해 주어 내심 손님 대접을 받는구나 하는 생각에 고마움이 들었다. 아쉬운 것은 짐을 날라 준 젊은 직원이 고마워서 팁을 주고 싶었는데 경황이 없어 놓친 것이 미안했다. 방은 약간 싸늘했지만 잠을 청하면서 여행의 마지막 밤을 이런 좋은 호텔에 안전하게 묵을 수 있다는 생각에 안도했고 행복했다.

9월 10일 일요일, 여행의 마지막 날. 피곤했던지 모자라는 잠을 떨치고 일어나기가 힘든 아침이었다. 커튼을 젖히며 바라본 바깥 풍경은 밝고 따뜻한 햇살이 낯선 공항의 콘크리트 건물들을 비추고 있었다. 서둘러 개인 정비를 마치고 풍성하게 잘 차려진 조금 늦은 아침 식사 후 짐을 호텔 카운터에 맡기고 밖으로 나왔다. 호텔은 시간만 허락된다면 며칠 더 묵고 싶을 정도로 서비스도 괜찮았고 잘 정돈된 객실, 빛이 날 정도의 청결한 욕실이 감탄스러웠다. 편리성에 있어서도 공항에 바로 연결되어 가깝고 더 유리한 것은 호텔 바로 앞에 모스크바 시내로 직행하는 공항철도 아에로익스프레스(AeroExpress) 기차를 타는 터미널이 있어서 우리처럼 스톱오버 하는 사람에게는 완벽한 선택이라 할 수 있다.

호텔 밖으로 나오면서부터 예상외로 도시 분위기의 무거움을 조금 실감하기 시작했다. 호텔은 공항 D 터미널에서 실내 통로로 바로 연결되는데 통로에 경찰이 X-ray 검색대를 차려 놓고 일일이 여행객의 짐 검사를 하고 있었다. 얼마 전 시베리아에선가 일어난 테러가 생각났다. 그로 인해 보안 검색이 강화된 탓으로 추측된다. 냉정하고 무뚝뚝하게 생긴 보안요원들에게 별 표정 없는 물품 검사를 받고 검사대를 통과하여 기차 티켓을 끊어야 하는데 자동발매기를 보니 영어와 러시아어가 가능한데 러시아어는 맹탕 그림으로만 보였다. 행여 말이나 걸어 볼 요량으로 젊은 보안요원에게 티켓을 끊어 줄 수 있는지 영어로 부탁했더니 뜻밖에 친절하게 왕복 기차표를 잘 끊어 주었다. 러시아인들을 직접 대면한 경혼기 없고 영화에서 본 러시아 남자들은 눈이 푸르고 인상이 무뚝뚝하여 마치 냉혈인으로 보였는데 달문을 여니 실제 조금은 달라 보였다. 기차 요금은 편도에 우리 돈 만 원 정도 되었다.

공항철도 아에로익스프레스 기차와 플랫폼의 붉은 색채를 보면서 아직도 옛 소련의 색채가 남아 있어서 그런가 하는 엉뚱한 생각이 들었다. 어린 시절 배운 붉은 공산당의 잔재 같은 것이다. 기차 내부는 아주 깨끗하고 쾌적했는데 우리나라 기차보다 더 크고 넓어 보였다. 기차는 시간당 2회, 정시와 30분에 출발하는데 모스크바 시내까지는 약 30분 정도 소요되었다. 모스크바 근교를 지나면서 어린 시절 학교에서 그 무시무시한

나라로 소개되었던 공산주의 독재국가 소련이 무너지고 이렇게 자유롭게 여행이 가능한 나라가 되었다는 것이 신기하게 여겨졌다. 새삼 많은 국민들의 자유와 인권을 지배할 수도 있는 국가 지도자의 철학과 인식이 얼마나 중요한지 실감되었다. 러시아는 세계에서 가장 넓은 땅덩어리를 가진 나라, 아직도 시베리아를 포함한 끝도 없는 미개발 영토를 소유하고 있는 나라라서 그런지 점점이 흩어져 있는 건물들을 보면서 부동산 문제가 생활의 최우선 순위인 우리 처지와는 많은 대조가 되는 것 같았다. 러시아에 독재체제가 무너지고 자유의 물결이 흘러들어 온 지도 어느덧 30여 년은 되는 것 같은데 아직 눈에 보이는 도시의 외부 모습은 메마르고 둔탁한 느낌이 들어 결코 녹록지 않은 경제 여건을 대변해 주는 것 같기도 하다. 자본주의 시장경제가 그나마 효율적이라고 하기는 하나 그렇다고 시장경제만 도입하면 자연적으로 경제가 성장하고 소득이 높아져 국민들이 잘살 수 있게 되는 것은 아닐 것이다.

　공항철도 아에로익스프레스가 도착하는 종점은 벨라루스까야(Бело русская) 역이다. 여기서 나와 조금 걸으면 지하철(여기서는 메트로로 통한다) 역이 나오고 이곳에서 티켓을 끊어 3구간만 가면 째아뜨랄리나야

(Театральная)역이 나오는데 이곳이 유명한 모스크바의 중심지 붉은
광장과 크렘린 궁이 있는 곳이다(지하철 노선에서 녹색 라인). 세 정거장
의 이동 시간은 10분 정도이고 역 이름은 차례대로 벨라루스까야(Бело
русская) - 마야꼬브스까야(Маяковская) - 뜨베르스까야(Тверска
я) - 째아뜨랄리나야(Театральная)역이다.

　　모스크바 지하철은 낡고 오래된 느낌이 났다. 기차도 마치 수십 년 전
에 사용하던 짙은 국방색의 예스런 골동품을 연상케 하였는데 거꾸로 생
각하니 오히려 고전미가 있어 보였다. 지하철 탑승장이 엄청 깊어서 가
파른 에스컬레이터를 타고 한참이나 내려가야 했다. 노약자들에겐 위험

한 생각이 들 정도였다. 반면 지하철 역사(驛舍)는 우아하고 예술적 건축 미를 가진 아름다운 궁전의 일부를 보는 것 같았다. 오랜 역사의 러시아 옛 왕조의 숨결이 배어 있는 것 같았다. 공산국가 시대에 만들어졌을 텐데 예술성을 가미하여 건축한 것을 보면 인간은 누구나 아름다움을 추구하는 본성은 소유하고 있는 것 같다. 다만 돈 때문에 너무 편리성과 실용성 중심으로만 살아가면 사람의 정서는 메마르고 감동은 없어져 삭막한 세상이 될 것이다. 지하철이 도시의 중심부라 그런지 이용객들이 엄청 많아 복잡하고 소란스러웠고 낡은 기차 소리가 귀를 따갑게 했지만 다니기에는 재미있고 마음이 가벼웠다. 다만 곳곳의 출입구마다 필요 이상으로 생각되는 많은 인원의 보안 요원들이 경비를 서서 여행객을 통제하고 있어 마음이 무거웠지만 물밀듯이 밀려드는 수많은 여행객들 사이에서 개방된 러시아의 분위기를 충분히 느낄 수 있는 시간이기도 했다.

지하철을 내려 육상으로 나오니 웬 경찰들이 이렇게나 많은지 분위기를 으스스하게 만들었다. 지하철 출구에 설치된 간이 검색대를 통하여 나오는 사람들의 짐을 일일이 검색하고 매정한 인상과 눈빛들로 조금 삭

막힌 느낌을 들게 하였다. 그래도 처음으로 맛보는 모스크바 여행인데 부푼 마음은 이런 분위기에 아랑곳하고 싶지 않았다. 사실 지구촌 전체가 유명 관광지에서의 테러로 인한 긴장이 조성되어 있는데 팔자 좋게 관광을 다닌다는 것 자체가 행운이라는 느낌이 들었고 불편을 감수하고서도 안전하게 하는 것이 최상의 방책일 것이라는 생각이다. 얼마 안 가서 붉은 광장에 들어가는 입구에도 똑같은 검색이 이루어지고 있었다.

붉은 광장(Red Square), 러시아어로 '크라스나야 플로샤디'라고 부른다. '붉은'의 의미인 '크라스나야'는 원래 옛 러시아어로 '아름답다'라는 의미를 동시에 가지므로 '아름다운 광장'이라는 뜻이다. 모스크바 중앙에 위치하여 러시아 관광의 첫 순위로 꼽히는 이곳은 길이 약 700m, 폭 약 100m의 넓은 광장이다. 15세기 말부터 존재했고 시장으로 활용되기도 했으며 17세기에 들어와 현재의 이름으로 불리게 되었다고 한다.

이곳은 크렘린 궁을 비롯하여 아름다운 러시아 정교회 성 바실리 성당,

국립역사박물관, 굼(GUM) 국영백화점, 레닌의 묘, 러시아 대통령 관저 등이 있어 모스크바 관광의 명소이다.

예로부터 러시아인들은 붉은색을 아름다운 색으로 생각하여 곳곳에 붉은색을 많이 사용한 것으로 보인다. 우리 인식에는 옛 공산국가 소련의 붉은 색채가 연상되지만 실제 붉은 광장의 색깔은 붉지도 않으며 구소련의 공산주의와도 상관이 없는 것으로 보인다. 다만 크렘린 성벽이나 역사박물관 등 짙은 붉은 색 건물들이 많고 이 광장은 각종 큰 행사를 치르기에 제격이다.

성벽 망루 바로 아래 레닌의 묘가 있다. 1924년 레닌의 사망 후 방부 처리한 시신을 보관 중이다. 관광객의 출입이 없는 것을 보니 휴일이라 개방을 하지 않는 것 같다. 성벽 너머 노란색 건물이 크렘린 궁으로 푸틴 대통령의 집무실이 있는 곳이다.

국립역사박물관은 1750년대 모스크바 대학교의 학과 건물이었으나 1872년 박물관이 되면서 1875~1881년 동안 영국인 블라디미르 셔우드와 세묘노프가 설계하여 현재의 4개의 탑이 있는 붉은 벽돌 건물로 건축되

러시아 국립역사박물관

었다. 초기에는 개인의 기부금으로 유지해 오다가 러시아 혁명 뒤에 국
립역사박물관으로 개편되었고 석기시대부터 19세기 말까지의 러시아 역
사에 관한 전시품을 소장하고 있다. 외관의 붉은 색채가 강렬한 인상을
주고 있다.

붉은 광장의 한쪽 면을 길게 차지하고 있는 백화점 굼(GUM)은 사회주
의 국가답게 국가에서 운영한다고 한다. 많은 이윤을 남길 수 있을까 하
는 의문이 들면서 아직도 사회주의 경제 방식이 곳곳에 녹아 있는 상태에
서 자본주의 경제의 꽃과 같은 화려한 백화점 운영이 만만치는 않을 것
같다는 생각이 들었다.

러시아 최대의 국영 백화점인 굼(GUM) 백화점

백화점은 1890년에 지어진 베이지색 톤의 화려한 건물로 유럽의 궁전처럼 아주 고급스럽고 멋지게 보였다. 러시아 최고 백화점 명성에 걸맞은 최고급 상품들이 진열되어 손님들을 맞이하고 있는데 화려한 내부 장식과 어울려 마치 돈의 효능을 십분 발휘할 수 있는 파라다이스 같은 느

낌이 들었다. 러시아가 그렇게 잘사는 나라가 아니라서 백화점을 이용하는 고객들은 부유층 아니면 가능하겠나 하는 생각이 들었다. 매장의 끝부분에 SAMSUNG 로고가 선명한 가전 매장을 보면서 우리나라 제품의 위상에 우쭐해지기도 했는데 막상 매장에 진열된 제품들은 다양하지 못하고 모두가 TV 제품 일색이었다. 백화점 내부의 화장실은 유료라서 30루블(약 600원 정도)을 내야만 했다.

동화에 나올 듯한 성(聖) 바실리 성당(St. Basil's Cathedral)

이 성당의 본래 이름은 상트 바실리 블라제누이 대성당(Cathedral of St. Basil the Blessed)으로 '축복받은 성 바실리'라는 뜻이다. 찬란하게 빛나는 외관의 아름다움은 붉은 광장의 건축물 중 으뜸이다. 16세기 러시아 전제군주 국가를 완성하여 가장 강력하고 공포스러운 통치를 했던 차르(황제) 이반 4세(Ivan IV)가 카잔(Kazan)의 타타르 칸국(kan國)을 정벌하여 속국으로 삼은 것을 기념하기 위해 건축가 포스트니크 야코블레프라에게 지시하여 1555년에서 1561년까지 건축하였다. 성당의 이름은 성인(聖人)이었던 성 바실리의 이름에서 유래하고 벽돌과 석회암을 사용하여 러시아 정교회 양식으로 지었다. 1990년 유네스코 세계문화유산으로 등재되었고 죽기 전에 꼭 봐야 할 세계 역사 유적 1001로도 꼽힌다.

  성당은 천국의 시온산을 지상에 재현하고자 한 것으로 중앙의 벽기둥 구조를 중심으로 여덟 개의 예배당을 대칭으로 배치하는 다소 복잡한 설계로 되어 있다. 실내 공간은 높이 64미터의 중앙 예배당에서 떨어진 작은 별실들로 구성되어 있는데 전체 모습은 마치 소용돌이치는 양파 모양의 돔 형태로 모두가 중앙의 첨탑을 둘러싸고 있다. 무엇보다도 화려한 외관의 모습과 색채는 마치 동화의 나라를 방불케 한다. 원래 여덟 개의 예배당이 별 모양으로 배열된 구조였는데 이반 4세의 아들인 차르 표도르 이바노비치가 1588년 성 바실리의 유해를 안장하기 위해 아홉 번째 예배당을 추가로 지어 현재 총 아홉 개의 예배당이 모여 있다. 전해 내려오는 이야기에 따르면 이반 4세는 성당 완공 후 다시는 이토록 아름다운 건물을 짓지 못하도록 건축가 야코블레프라의 두 눈을 멀게 하였다는 슬픈 이야기가 전해진다. 그러나 야코블레프라는 대성당 건축 후에도 여러

채의 다른 건축물을 지었다고 하니 전설일 뿐이다. 성당의 형태는 로마 가톨릭과 대비되는 러시아 정교회 성당의 전형이 되어 다른 많은 교회들의 모델이 되었다.

　호화로운 성당의 외부와 비교해 500루블의 입장료를 나고 들어간 성당의 내부는 좁고 배치도 조밀하며 어두웠다. 오랜 기간 동안 관리가 제대로 되지 않았는지 느낌이 칙칙했다. 그러나 많은 관광객이 끝없이 몰려들어 좁은 통로에서 이동하기도 불편하였는데 나름 개선의 필요성이 보였다. 서유럽의 성당들과는 다른 분위기를 자아내는 러시아 정교회 특구의 이색적인 향을 맡을 수 있었다.

스파스카야 망루. 스파스카야는 구원(救援)이라는 뜻이다. 붉은 광장 크렘린궁의 담벽에는 총 20개의 망루와 6개의 탑이 있다.

무명용사 기념비. 2차 대전 시 희생된 2천만 군인들과 2천만 민간인 희생자들을 추모하는 추모비로 앞에는 꺼지지 않는 불을 피우고 있다.

크렘린(кремль)

영어로 Kremlin, 과거에 크레믈린이라고도 하였지만 현재는 크렘린으로 읽는 경우가 더 많다. 크렘린은 본래 러시아어로 '성벽, 성채(城砦), 요새'를 뜻하는 일반 명사로 별도의 설명이나 지명의 표기 없이 '크렘린'을 말하면 '모스크바 크렘린'을 지칭한다. 러시아에는 중세 시절부터 역사적인 도시에는 크렘린이라는 이름의 성이 있었다. 구소련 시절부터 공산국가의 대표적 상징으로 여겨져 왔던 대통령의 집무실이 현재도 크렘린 성안에 있으며 제국시대의 다양한 건축물과 유물 박물관, 그리고 러시아 정교회 성당 등이 있다.

현재 크렘린 성벽은 전체 길이가 2,235m, 높이가 5~19m, 두께가

크렘린궁으로 통하는 문마다 경비가 철저해 입장하려는 많은 여행객들이 줄을 선다.

3.5~6m이며 20개의 성문과 망루가 있는데 가장 높은 망루는 80m에 이르는 트로이츠카야 망루(삼위일체탑)로 꼭대기의 별은 천연 루비로 된 것이라고 한다.

크렘린은 1156년에 모스크바 대공국의 유리 돌고루키가 쌓아 올린 나무로 만든 요새에서 시작되었고 1237~1238년에 몽골군의 침략으로 요새가 파괴되었다. 그 후 14세기 중엽 모스크바 대공 드미트리 돈스코이가 크렘린 성벽을 하얀 석조 건물로 개축했고 15세기에는 이반 3세가 벽돌로 된 벽, 탑, 성문 등으로 튼튼한 성채로 만들었다. 오늘날 볼 수 있는 크렘린의 성벽은 이 시기에 만들어진 것이다. 그 후 1712년 표트르 대제가 수도를 상트페테르부르크로 옮기는 바람에 모스크바의 중요성이 흔들렸지만 황제(차르)의 대관식은 크렘린 안에 있는 우스뺀스끼 성당에서 거행되었다. 17~18세기에 걸쳐 내부에 왕궁과 저택이 건설되었고 궁전 내부 장식은 매우 호화로우며 사치스러웠는데 방의 개수만 700개가 넘는 장대한 크기를 자랑하였다.

1918년 러시아 혁명 이후에 수도가 상트페테르부르크에서 모스크바로 다시 옮겨지면서 크렘린은 소비에트 연방의 정치 중심지가 되었다. 20세기 크렘린은 공산주의 독재 권력의 총 본산이었던 만큼 베일에 감추어진 비밀이 많을 것 같은 인상을 주고 있는데 이를 빗대어 우리는 흔히 속을 알 수 없는 사람을 가리켜 크렘린 같은 사람이라고 부르기도 한다.

붉은 광장에서 밖으로 나오면 바로 모스크바 시내인데 옆에 시민들의 휴식 공간인 공원이 있다. 길엔 많은 여행객들로 북적여서 모스크바가 떠오르는 여행지로서 단단히 제 몫을 하고 있는 것 같은 생각이 든다.

수줍은 어린이의 푸른 눈빛에서 말로는 주고받을 수 없었던 순진한 모습이 느껴진다.

붉은 광장에서 공항으로 오기 위해 지하철을 타고 도중에 내린 벨라루스까야(Белорус
ская)역 인근의 시내 모습

점심을 먹기 위해 들른 벨라루스까야 지하철역 근처의 레스토랑

　　레스토랑은 높고 화려한 천장에 벽면을 부조 작품으로 장식한 아름답고 호화로운 건물이었다. 음식을 나르는 젊은이들의 밝은 얼굴에서 생동감이 느껴졌다. 음식 주문은 영어로도 소통이 잘 되지 않아 메뉴의 이름도 알기 어려운 김밥같이 생긴 음식과 감자튀김을 주문했고, 고픈 배를 채울 수 있게 된 것으로 감사했다. 음식값은 레스토랑의 고급스러움에 비해 그렇게 비싸지는 않았다. 식당을 나서면서 러시아는 기회의 나라라는 느낌이 들었다. 개방과 민주화 이후 태어난 젊은이들은 이미 자본주의 사고가 배어 있어서 기회만 주어지면 이 넓고 광대한 나라를 개척해 나갈

에너지가 보였다. 아직 물가도 저렴하고 인력도 풍부하여 문호를 더 개
방하고 외국의 기술과 자본의 도움을 받는 등 정부에서 잘 이끌어 가면
성장에 무한한 가능성이 있을 것 같은 느낌을 받았다.

　시내 전역에 보안 심사가 심하여 시간을 넉넉하게 남겨 두고 세리미티
예보 공항에 도착하여 출국 수속을 밟았다. 이제 저녁 8시 55분발 비행기
로 인천을 향해 출발하면 긴 듯, 짧은 듯한 9박 10일의 '2017 스위스 자유
여행'을 마무리하게 된다. 아무 탈 없이 즐겁고 감사한 여행이 되었다. 여
행을 통해 보고 느낀 것들이 아둔한 내 삶을 지혜롭게 하고 풍성케 하는
깨달음과 양식이 되기를 기원해 본다.